忒弥斯档案❶

Book One of The Themis Files

沉睡的巨物

SLEEPING GIANTS

［加］沙利文·纽威尔——著

Sylvain Neuvel

赵晖——译

天地出版社 | TIANDI PRESS

图书在版编目（CIP）数据

沉睡的巨物/（加）沙利文·纽威尔著；赵晖译. —成都：天地出版社，2017.11
ISBN 978-7-5455-2826-8

Ⅰ. ①沉… Ⅱ. ①沙… ②赵… Ⅲ. ①长篇小说—加拿大—现代 Ⅳ. ①I711.45

中国版本图书馆CIP数据核字（2017）第111388号

著作权登记号 图字：21-2016-212

沉睡的巨物

出品人　杨　政
著　者　[加] 沙利文·纽威尔
译　者　赵　晖
责任编辑　杨永龙　袁静梅
封面设计　思想工社
电脑制作　尚上文化
责任印制　葛红梅

出版发行　天地出版社
（成都市槐树街2号　邮政编码：610014）
网　址　http://www.tiandiph.com
http://www.天地出版社.com
电子邮箱　tiandicbs@vip.163.com
经　销　新华文轩出版传媒股份有限公司

印　刷　河北鹏润印刷有限公司
版　次　2017年11月第1版
印　次　2017年11月第1次印刷
成品尺寸　145mm×210mm　1/32
印　张　9.5
字　数　210千字
定　价　36.00元
书　号　ISBN 978-7-5455-2826-8

咨询电话：（028）87734639（总编室）
购书热线：（010）67693207（市场部）

目录

序幕

那是我11岁生日。父亲送了我一辆全新的自行车，粉白两色漆，扶手上挂着流苏。我很想去骑一骑，但是父母希望我先不要去，毕竟扔下小伙伴们一个人跑开不好。可实际上，他们并不是我的小伙伴。我不善于交朋友。我喜爱阅读；我喜欢在树林里漫步；我喜欢独处。与同龄的孩子在一起时，我总是觉得不太自在。于是我生日的时候，父母就邀请了很多邻居家的孩子，其中有一些我连名字也叫不出来。他们很友善，每一位都给我带了礼物。所以我留了下来。我吹灭了蜡烛，拆开礼物，一直面带笑容。有些什么礼物我记不清了，因为我当时满心只想出去骑自行车。快吃晚饭的时候，大家才都散去，我已经迫不及待。而这时夜幕快要降临，天黑之后父亲是不让我出门的。

我从后门溜了出来，然后骑得飞快，一头冲进了路尽头的树林。用力蹬了有10分钟吧，我才开始放慢速度。可能是因为天色越来越暗，我在思考要不要回去。也有可能只是觉得累了。我停下来，听着风吹树枝摇摆的声音。秋天到了。五彩缤纷的树林，给山坡换了新颜。空气突然变得湿冷，好像大雨就要倾盆而下。夕阳西下，树木后面的天空也被染成了流苏那样的粉色。

我身后传来一阵声响。可能是野兔。山脚下有什么东西，吸引了我的注意力。我从自行车上下来，穿过树林，缓慢地往下走。树枝上挂着叶子，挡住了我的视线，但是那里分明有蓝绿色的光透出来，十分诡异。我不知道光从哪里来。应该不是河水；我远远就听得见，而且亮光离我越来越近。就好像无所不在。

我来到山脚。紧接着，我脚下的地面消失了。

后来的事情，我基本已经不记得了。几个小时后我苏醒过来，太阳已经升起。我的父亲站在比我高15米的地面上，对我说着什么，但是我一个字也听不见。

我掉入了一个方形的洞穴，差不多有我家房子那么大。墙壁很直，是黑色的，上面精雕细刻，闪着美丽的蓝绿色光。我周围的一切都光彩熠熠。我稍微移动了一下手。我好像正躺在一张散落着泥土、岩石和断树枝的床上。床面有一点儿弧度，摸起来很光滑，冷冷的，像某种金属做的。

我这才注意到，地面上还有一些身穿黄衣服跑来跑去的消防队员，一根绳子从我头顶上垂下。很快，他们把我抬上担架，吊了上来。

之后，父亲绝口不提这件事。当我问起自己掉在什么东西上时，父亲只是变着法子解释洞穴是什么。大约过了一个礼拜，有人按响了我家的门铃。我叫父亲去开门，但是他没有任何应答。于是我跑下楼梯，开了门。来人是那天救我出来的其中一位消防队员。他拍了些照片，觉得我应该会想看看，就拿了过来。他想得没错。照片里的我，就沉在洞底，小小的，平躺在一只巨大的金属手上。

Part 1
肢体散落

TOP SECRET

File NO. 003

采访恩里科·费米研究所高级科学家萝斯·富兰克林博士

地点：伊利诺伊州芝加哥大学

那只手有多大？

有 6.9 米长，但是对于当时 11 岁的我来说，感觉要更长。

事后你做了些什么？

什么也没做。我没跟别人多说。我和同龄的孩子一样，每天去学校上课。因为家里人都没上过大学，所以他们希望我上大学。我学的专业是物理。

我知道你们是怎么想的。我也希望我是因为那只手才投身科学的，但实际上我从小就擅长这个。父母很早就发现我有这方面的天赋，我 4 岁的时候，他们送给我一个电子元件包作为圣诞礼物，那是我人生得到的第一个科学实验包。你可以把电线插进小弹簧片里，做成电报机之类的东西。所以，我觉得就算那天我听父亲的话待在家里，没有遇到那只手，我一样会去做科研。

后来我大学毕业了，又继续深造，毕竟这是我唯一擅长的事情。博士毕业后，我进了芝加哥大学。父亲得知我入职的消息，高兴坏了。我这辈子从没见过谁这么自豪，简直比中了一百万彩票还要开心。

多久之后你找到了那只手？

我并没有刻意去找。17 年后，它自己出现在了我的面前。

发生了什么事？

那只手吗？后来军方介入，接管了那里。

那是什么时候？

我发现它之后 8 小时。我记得来了一位叫哈德森上校的负责人。他是那一片的，因此几乎认识每一个人。我不认识他，但是认识他的人都对他赞赏有加。

他的笔记我只看到了很少一部分，大部分都被军方处理过了。他担任负责人的 3 年时间里，主要在探寻洞穴里那些雕刻的含义。而那只被他称为“工艺品”的手，只提到几次，他认为那表明洞穴建造者有着复杂的宗教体系。我认为他有很清晰的个人见解。

你觉得他是怎么认为的？

我不知道。哈德森是个军人。他不是物理学家，也不是考古学家。他并不具备解开谜团所必需的考古及语言知识。他的想法应该近似于《夺宝奇兵》（*Indiana Jones*）等电影里的情节。不过好在他身边还有能人。但话说回来，他作为项目负责人，却经常搞不清状况，一定挺尴尬的。

有意思的是，他们想尽办法来推翻自己的结论。起初他们的分析表明，洞穴建于3000年前。但是他们觉得不太可能，于是又采用放射性碳元素检测，试图测定那只手上发现的有机物的年代。结果却发现年代更加久远，有5000多年。

这有什么问题吗？

你要知道，我们已知的最古老的美洲文明起源于秘鲁小北地区（Norte Chico），但是那只手要比它早1000多年。就算不是这样，从南美到北美南达科他的距离这么远，显然不可能是人为搬来的，而且北美出现如此先进的文明，也是许久以后的事情了。

后来，哈德森团队认为是样本中混入了周围的杂质，才造成年代测定错误。接下来几年，他们又做了零星的研究，最终断定洞穴遗迹距今1200年，为一座祭祀庙宇，是密西西比文明的分支。

那些资料我看了很多遍，我认为哈德森的理论没有根据，站不住脚。至于他们为什么会得出这样一个荒谬的结论，我猜他大概是因为觉得立不了军功，不想在地下实验室浪费时间，所以迫切想弄出点儿什么，好尽快离开那里。

他成功了吗？

成功离开那里吗？嗯，3年多之后，他如愿了。他在一次遛狗时中风发作，陷入昏迷，几周后便去世了。

他去世之后，项目怎么办？

没有进展。手和板子被放在一个仓库里，积了14年的灰尘，才又见到天日。芝加哥大学接管了项目，在国家安全局的资助下开展研究。机缘巧合，我成了负责人。我不讲迷信，但是我不得不说，多年以后又让我赶上这事，似乎是冥冥之中，自有天意。

国家安全局为什么要资助一个考古项目呢？

我自己也有过同样的疑问。他们资助很多类型的项目，但是他们选择资助这个项目，确实有点奇怪。或许他们是对密码学感兴趣，或许是想知道“手”的材质。反正他们给了一大笔钱，我也就没问那么多了。他们分派给我一个自然科学小队，只有在这个小队看过之后，文物才能交给考古部门。因为这个项目仍旧是最高机密，所以我像哈德森一样，被接到了一个地下实验室。你应该看过我的报告吧，后面的事情你应该都已经知道了。

是的，我看过你的报告。你 4 个月后就出了报告，有些人认为时间太短，有点儿草率。

虽说是一份初步报告，但是我并不认为草率。退一步说，我已经有了重大发现，而且凭借当时手头的资料，我就只能得出这么多结论，那么就发布吧，还等什么呢？那个洞穴实在太神秘了，要想研究清楚，确实没那么容易，我们需要更多的数据。

“我们”是指谁？

你，我，人类。实验室里有一些东西，超出了我们目前的认知。

好吧。那能给我讲讲你的理解吗？讲讲那些板子吧。

我都写在报告里了。那儿一共有 16 块板子，每块长 975 厘米、宽 305 厘米、厚小于 2.5 厘米。属于同一个年代，推断是 3000 多年前。我们……

我打断一下，你并不赞同样本中混入杂质的说法，对吧？

我觉得没有理由不去相信放射性碳元素测定出的年代。而且老实说，我们也不用管它是什么年代的。你知道吗，17 年过去了，那些符号发光不止，根本看不出它靠的是何种能量。

4 块板子组成一堵墙，每一堵墙上雕刻着 18–20 行符号。6–7 种符号一组，按顺序排列。我们一共发现了 15 个符号。其中大部分出现了好几次，有些只出现了一次。有 7 个符号是弯的，中间有一个点，还有 7 个符号是直线，最后那个符号只有一个点。它们的样式都不复杂，很漂亮。

哈德森的报告解读过这些符号的含义吗?

事实上，报告中的语言分析结果是仅有的几处未被军方改动的。他们比对发现，这些符号不同于任何一种已知的文字。他们猜想每一组符号就像一个句子，但是由于不了解那种句式，他们猜不出来背后的含义。他们的工作很细致，每一步都记录在案，我认为我们没有必要做两次同样的事，于是没有要语言学家团队。无迹可寻，自然明白不了含义。

或许是出于私心，我更关注那只我曾经跌落在上面的巨手。我说不出原因，但是直觉告诉我，那只手是很重要的一环。

和哈德森的关注点很不一样。那么，你能跟我说说那只手吗?

行啊，我还以为你对美学不感兴趣呢。它很不寻常，经测量，手腕到中指尖的长度有 6.9 米，看起来是实心的，与板子的材质相同，但是至少有 2000 多年历史了。颜色深灰，透着一些铜色，还略带一点儿彩虹色。

手掌是打开的，手指并拢，稍稍弯曲，就像捧着什么宝贝，或者捧了一把盐，生怕漏下去。手上有一些纹路，有的像人类皮肤的褶皱，有的像只是起装饰作用。它们都发着相同的蓝绿色的光，这让金属出现了彩虹色。巨手看起来很有力，但是……当时跃入我脑海的只有“精致”这个词。我认为这是女性的手。

我更好奇的是，这只有力又精致的手是用什么材质制成的？

我们切不断它，别的传统方法也动不了它。就连从板子上取一点儿下来，也花了我们很大力气。质谱分析表明，它是几种重金属的合金，其中含量最多的是铱，接下来是铁，大概占10%，还有少量的锇、钌、铂族金属。

一定是无价之宝吧？

确实。它的价值远非其重量所能衡量。

有多重呢？

32吨……我知道，已经很重了，但要是按照它的元素构成来说，它却轻得离谱。铱是一种密度很大的元素，非常重，就算里面混进了一些铁，也理应重上十倍。

你认为是什么原因？

我不知道，竟然有生产工艺可以把它做得这么轻，超乎我的想象。我更不解的是，从哪里来这么多的铱。铱不仅重，还是地球上极稀有的元素之一。

你知道，稀有金属——比如铂——喜欢和铁聚在一起。数百万年前地表熔融的时候，铱由于太重，大部分都沉入了地核。只有很少一部分留在了地壳当中，并与其他金属混在一起，需要复杂的化学过程才能将其分离。

与其他金属相比，铱有多稀缺？

非常稀缺。这么说吧，就算你搜集一年，也搜集不了2吨纯铱。那得有两大箱子。如果用今天的技术来搜集这只手所含的铱，得花上好几十年。地球上的铱太稀缺了，陨石也不够多。

我听不太懂了。

哦，抱歉，是这样的，岩石里的铱含量实在太低，往往测不出来。我们主要是从陨石，也就是那些穿过大气层坠落到地面的未燃烧殆尽的陨星残体里搜集铱。要建造这么大个房间——而且他们应该不止造了一只手——肯定不能只在地面上搜集铱。

你的意思是，要到地核去？

儒勒·凡尔纳[1]是这么说的。搜集这么多稀有金属，要么挖地千尺，要么到外太空去。凡尔纳先生说我们还到不了地核，那么就只剩下外太空了。一些私人公司想在外太空寻找水源和稀有金属，但是所有这些项目都还在早期规划阶段。如果可以获取外太空的陨石，就能得到比这多得多的铱。

你还有什么发现？

就这么些了。我们用人类拥有的工具研究了几个月，感觉没辙了。我知道我们提的问题不对，但是我不知道什么才是对的问题。于是我发布了初步报告，并提交了辞呈。

能再告诉我一下报告的结论是什么吗？

没下结论。

[1] Jules Verne，法国作家，被誉为“科幻小说之父”。——译者注

有意思。他们什么反应？

批准了。

就这样？

嗯。我想，他们希望我别再回来。他们多半觉得我是在说“外星人”，但是我的报告里并没有提到这个词。

所以你不是那个意思？

也不是，可能还有我所不知的其他解释。作为一名科学家，我只能说人类目前还不具备这样的建造资源、知识和技术。也完全有可能是比我们更先进的古文明，但不论是5000年前、1万年前，还是10万年前、20万年前，地球上都不可能有那么多的铱。所以我认为它不是人类所为。其他的你可以尽情发挥想象。

我并不傻，我知道报告交上去，我的职业生涯可能就此结束。这些东西国家安全局肯定不会相信，但是我又能如何，撒谎吗？

报告发布之后，你做了什么？

我回了家，一切回归正常。父亲死后，我已经4年没有回家了。

家在哪里？

一个小地方，叫戴德伍德，拉皮德城以北，大约1小时车程。

西南那片我不太了解，可以给我介绍一下吗？

淘金热时期，人们建造了戴德伍德小镇。那地方闹哄哄的，就像电影里一样。我还是孩子的时候，镇上最后一家妓院也关门大吉。电影《遇鬼戴德伍德》让小镇出了名，此外家庭影院频道（HBO）还有一部短剧在那里拍摄。小镇历经淘金热，并从数次大火中挺了过来，但是人口缩减到1200人。

小镇没有发展壮大，却存留至今。而且那里地形独特，毗邻黑山国家森林公园，奇石林立，松林荫庇，峡谷小溪。我觉得它是世界上最美的地方。我可以理解为什么有人把巨手建在那里。

你还把那里称为自己的家？

是的，那是我成长的地方，虽然母亲大概不同意我这么说。她甚至不太想给我开门。我们之前基本不联系。我知道她不满我一直不归，怨我连父亲的葬礼也没有参加，让她独自一人承受那样的痛苦。我们每个人化解伤痛的方式不同，我觉得母亲心里知道这是我的方式，可是她的声音带着愤怒，有些事情她不敢说出来，但是却始终横亘在我们母女之间。我可以接受。毕竟她承受了太多痛苦；她有权怨恨我。回家之后，我们没有说多少话，但却冰释前嫌了。

住在以前的房间，让我涌起了许多的回忆。当我还是个孩子的时候，我经常半夜下床，坐在窗边，目送着父亲去矿井。他每天去上夜班之前，会来到我的房间，让我放一个玩具在他的餐盒里。他说，他打开餐盒的时候就会想起我，并在我的梦里与我共进午餐。不论是对我还是对母亲，父亲的话都不多；但是他心里知道，对一个孩子来说，细微之处有多么重要，所以他每次上夜班之前，都会来给我掖好被子。我真希望父亲还健在，我有一肚子的话想和他说。他不是个科学家，但是他对事物有着清晰的认知。而这，我没法告诉母亲。

我和母亲聊得不多，但是气氛融洽，比起刚回来的几天对话内容只是礼节性地夸她做饭好吃，已经有了可喜的变化。不过，由于工作特殊，我会刻意不去谈工作，但这并不容易。随着时间的推移，我花在反思童年所犯的错误上的时间，开始多过想那只手的时间。

大概一个月后，我步行到了最初发现那只手的地方。那个洞穴早已经被人填平，岩土上有一些小树正在生长。除此以外，什么东西也看不到。我漫无目的地走着，直到夜幕降临。为什么我先发现那只手？除了手，一定还有其他的身体结构。为什么没有人发现它们？巨手已经沉睡了几千年，为什么会在那一天被发现？是什么触发了它？过去数千年都没有发生过的事情，为什么会在 17 年前发生？

我恍然大悟。这才是正确的问题！我一定要弄个明白，到底是什么触发了它。

File NO. 004

采访美军三级准尉卡拉·雷斯尼克

地点：德国曼海姆市科尔曼陆军机场

请报上你的名字和军衔。

你早已知道我的名字。你正看着我的档案呢。

我听说这一过程你会给予配合。请报上你的名字和军衔。

或许你可以先告诉我这个“过程”是关于什么。

无可奉告。请报上你的名字和军衔。

“无可奉告……”你一字一句总是说得这么清楚吗？

是的，因为我发现这样可以避免产生误解。而我最讨厌的就是一句话说好几遍……

是啊，你问了好几遍我的名字。如果它对你来说那么重要，那么你说好了。

那好吧。你叫卡拉·雷斯尼克，三级准尉，是一位美军直升机飞行员。没错吧？

曾经是。已经不准我飞了，不过这个你大概知道了吧。

我不知道，如今可以告诉我是什么原因吗？

视网膜脱离。并不疼，但是我的视力受到了影响。他们给我安排了明天的手术。我问起的时候，他们说我还是有可能再飞的……这在我听起来，更像是说“你没有机会了”。

你刚才说你叫什么名字？

我没说。

那你为什么不说？不是要记录在案吗？

这与你无关。你只要知道我能让你无法活着离开这个房间就可以了。

你不想说可以不说，何必要威胁我，你觉得威胁有用吗？

雷斯尼克准尉，如果你觉得我是在威胁，那我真心地向你道歉。我无意冒犯，只是不想让你觉得我在骗你。

所以你是在为我的安危着想咯？呵呵，多体贴啊。你今天为什么叫我来？

想让你说说在土耳其发生的事情。

什么也没有发生。反正没有值得一提的事情。

值不值得一提，由我来评判，我的军衔比你高好几级。所以你只管讲就行了。

我不知道你想让我说些什么。

你为什么去土耳其？

我接到北约下达的命令。我一早就到了，补了会儿觉。下午 4 点接到任务。他们介绍我认识了将要一同执行任务的副驾驶米切尔准尉。我们要在凌晨 2 点驾驶一架改良过的 UH-60 隐形战机，从阿达纳出发，贴地飞行进入叙利亚领空，并收集边境以南 19 公里，靠近阿拉卡的空气样本。

你说你之前从未见过那位副驾驶。为什么不派你之前的搭档和你一起去呢？在我看来，马上就要执行危险任务了，却拆散你俩，派你和一个你从来没见过的人一起飞行，这很奇怪。

他调走了。

为什么？

这你得问他。

我问过他。如果我告诉你，他是主动申请调离的，只要不和你一起，去哪儿都愿意，你会感到惊讶吗？他是这么形容你的：执拗、多变、暴躁。看看这些用词啊。

他爱玩拼字游戏，什么词都知道。

因为这个原因，你们才合不来的？

我从没不爽他什么。

这一点似乎很关键。很少有人不惜放弃自己的前途，只为远离某个人的。

我们在很多事情上见解不一，但是我从没让这些事情影响到我们的飞行。要是他受不了，那我也没有办法。

所以你认为，你们合不来并不是你的错。你就是这样的人。

差不多吧。嘿，你想让我说我是个不好相处的人，是吗？那我承认好了。但是不知怎的，我觉得你今天并不是来跟我探讨我的性格优缺点的。你想知道那架价值2000万的直升机为什么会半路坠毁在一个开心果种植园，对吧？

可以从这儿讲起。你刚才说你的任务是要收集空气样本，你知道是为什么吗？

北约认为叙利亚一直在开发核武器，他们想要插手阻止。早在2007年，以色列就轰炸了叙利亚一处疑似核反应堆，但是北约并不想打草惊蛇。

他们希望掌握确凿的证据之后，再发动武力。

他们想捉叙利亚个正着。美国接到叙利亚军方情报处的线报，说叙利亚在阿拉卡附近进行地下核试验。但是由于叙利亚拒绝核查人员访问疑似核反应堆，我们只能采取一些更为隐秘的方法来侦查。

除了收集空气样本，这次秘密侦查还涉及什么内容？

没有了。我们飞进去，又飞出来。他们给我们带了些大型设备，用于检测我们带回的空气样本中是否有核活动的迹象。我们按计划在凌晨2点离开吉尔利克空军基地。我们沿着边境向东飞了大约1小时，然后向南进入叙利亚，并贴地飞行了大约12分钟。我们于3点15分到达指定位置，收集好空气样本后开始返航。

你们紧张吗？

你真搞笑。就算是忘记交电话费，我都会紧张，何况这件事情完全不同。你晚上戴着夜视镜，以257公里/小时的速度贴地飞过敌人领地，心不怦怦跳是不可能的。所以，没错，我俩当时都很紧张。戴着夜视镜，除了目视前方，其他什么也看不清楚。那感觉就像急速飞过一个闪着绿光的隧道。

一切顺利吗？

非常顺利。不到25分钟，我们就回到了土耳其空军基地。离开边境一段距离后，我把飞行高度上调到了距离地面244米。快到哈兰的时候，我们发现飞机正下方出现了亮光，但那并不是城市发出的光。我们正飞过一片种植园，颜色不对劲。然后飞机的引擎突然停了，整个座舱一片漆黑。

我们听见螺旋桨放缓的声音，之后完全不转了。蓝绿色的光芒从下面的种植园发出来，但是那里面除了小树，就只剩下泥土了。我们目瞪口呆地坐着，感觉很不真实，非常……平和。然后我们像岩石一样坠落下来。

落地时，安全气囊撞在我的眼睛上，把我撞晕了。几分钟后，我苏醒过来。我独自一人在直升机里。一个身穿白色棉布袍的老人正试图解开我的安全带。他至少有60岁，皮肤黝黑、粗糙。他看着我咕哝了几句，他一定知道我无法理解。他微笑着，下排牙齿掉落了一些，有一双非常善良的眼睛。我冷静下来，并帮助他一起解开我身上的安全带。

他用肩膀架起我的一只胳膊，慢慢将我扶出。一个年轻女孩抓住我的另一只胳膊，她可能有16岁，长得很漂亮。她一直低着头，只有当老人吩咐的时候，她才发出一点儿声音。老人可能是她的父亲，也可能是她的祖父。他们让我在距离直升机30多米远的地方坐下，老人给了我一罐水，年轻女孩给了我一块布，指着我的额头。我没有反对，于是女孩把湿布放在我右眼上。然后她拿走了布，并快速扔掉，可能是不希望我看到上面的血。

副驾驶到哪儿去了？

我一开始并不知道。几分钟后，我注意到直升机后面围了一些人。他们的脸上映着蓝绿色的光，我不认识这些面孔。我起身站起来。年轻女孩不停重复着几句话，大概是说“不要起来”。我朝着光亮走去。我来到这个破坏了种植园的巨大的陨石坑边。光线如此明亮。

米切尔和一些当地人在一起。他抓起我的胳膊，放在他的肩上，然后让我坐在他身边。他的脸上流露出见到我的喜悦。我不太清楚我们眼前的东西是什么，但它绝对是我这辈子见过的最令人敬畏的东西。

它看起来像一大块金属，可能是一艘船或者潜艇，虽然个头没那么大。它的线条优美，像波音747的机身，但是没有明显的开口，也没有螺旋桨。它看起来不像实用器具，而更像一件产自意大利的工艺品。蓝绿色的脉络遍布它的表面，形成有规律的网状线条。

你们在那儿待了多久？

我不知道。可能10分钟吧。我们被直升机的声音分散了注意力，风把沙子吹到我们脸上。4架黑鹰直升机降落在陨石坑中，从里面出来的海军陆战队员多得数不清。他们把我和米切尔带上其中一架直升机，然后立即起飞。地面上的海军陆战队员疏散了陨石坑旁的人群。我还看到他们想要阻止当地警察介入。

嗯，但是很不幸……当地警察还是来了。如果他们晚来几分钟就好了。你继续说吧。

说完了，就这么多。我被送到位于土耳其的基地医院。一个小时前，他们把我带到这里，准备对我进行眼科手术。你是怎么知道我在这里的？

这重要吗？

看来你不打算告诉我。那至少让我知道是怎么回事吧？

乌尔法省的农民发现了一架二战时秘密飞机的残骸，美国国务院已经征得土耳其政府的同意，准备将其运送回来。

你在开玩笑吧？又不是那些飞机残骸让我的直升机坠落的。你真觉得我会相信你说的那一套？

你信不信不重要，重要的是土耳其政府相信了。他们只要认为我们正在将一架 70 年前的美国飞机残骸运回国就行了。

到底是怎么回事？

你觉得米切尔准尉人怎么样？

你不打算回答我的问题，是吧？

…………

米切尔挺好的，有自控力。

我不是这个意思。我是问他的人品如何？

喂，我差点被一个可以几秒钟就把空中的黑鹰直升机弄下来的又大又亮的东西害死。你现在居然还让我评价副驾驶的人品？

是的。我知道你坠机了。我也很理解你想了解实情。如果时间允许，我们可以再聊上几个小时。但问题是我很快就得走了。

你可能觉得我问的问题无关紧要。但你要知道，我已经掌握了大量你不知道的信息，因此，你能补充的有效信息很少。我尚

不知道并想从你那里知道的是，你怎么看米切尔这人？

你希望我说什么？我只不过和他相处了一个半小时。我们都来自底特律。他比我大2岁，但是我们念书的时候是同级。他认为正是这样的机缘巧合，才让我们成了飞行搭档。他喜欢乡村音乐，但是我不喜欢。我们都不看好雄狮队进NFL季后赛。这些信息对你有用吗？

他的名字叫什么？

我不知道，大概是瑞恩吧。你到底说不说究竟是怎么回事？你告诉我，是不是别的地方还有这些东西？

非常感谢你，雷斯尼克准尉……

忘了说了，你之前的搭档也跟你说了同样的话：你是他遇到过的最棒的飞行员。

File NO. 007

采访恩里科·费米研究所高级科学家萝斯·富兰克林博士

地点：伊利诺伊州芝加哥大学

会不会是戴维斯实验？

我不知道，戴维斯实验是什么？

抱歉，我刚才在自言自语。肯定是氩！我早就应该想到。我的父亲在矿井工作了那么久。

矿井？我知道氩是什么，但是我不明白你的意思。

60年代后期，一些天体物理学家设计了一个实验，用于探测和收集太阳发生核聚变所释放的中微子。我记得小时候曾经读到过。为了屏蔽闯入地球大气层的宇宙射线，减少干扰，这个实验选在1600多米深的地下，科学家们建了一个大池子，用了40万升的四氯乙烯液体，然后等着中微子撞在氯核上。如果撞上了，氯核就会变成氩的放射性同位素——氩 –37。每过一段时间，他们都会气化氦来收集氩，然后就可以统计出被撞上的氯核的数量。科学多么奇妙！纯理论就这样变成了现实。实验前后进行了 25 年，就在我父亲工作的霍姆斯特克矿井，距离我落入的巨手只有几公里远。我据此猜测，这些事情的发生与氩有关。

你知道我并不是物理学家，不过……

我对你一无所知。

好吧。我是在想，能运动这么远的放射性元素，数量一定非常少。

对，可哪怕数量再少，这件事也不会是个巧合。在土耳其执行任务的直升机是在收集空气样本以探测核反应迹象时坠毁的。他们一定在寻找氩 –37 的踪迹。那个飞行员说当时机上携带了大型机器，很有可能是一台移动氩 –37 探测器。地下核反应会让周围的钙变成氩 –37，所以这是一种很有效的检测方法，核反应堆无所遁形。钙无处不在，沙子、岩石、人……无论是在多深的地下，总会有一部分核爆炸所产生的氩进到空气中。

你说过，氩还有其他同位素。任何一种氩都会发生反应，还是只有氩 –37？

应该只有氩 –37。空气中有非常多的氩 –40，也有氩的其他同位素，它们很稳定。但是我也很好奇，怎么这些工艺品只与氩 –37 起反应……

你能……

抱歉，不小心打断你。我是想说，除非它们本就具有这种属性。如果是他们有意为之，那真是太聪明了。

什么意思？“他们”指谁？

听起来很不可思议，但是请你让我把话说完。他们有可能是某种比人类先进得多的物种，想告诉人类什么。能创造出这种东西的物种一定会把6000年前的古人吓死。他们会被视为神明、魔鬼、超人类。于是他们想留下一些东西，等待人类进化到一定阶段时来发现。

什么叫“等待人类进化到一定阶段”？

一定阶段可能是指人类对宇宙有充分了解并能与之进行有意义的交流的时候。这应该是经过科学测算的。我们按常理假设，大部分甚至所有的物种都经历了与人类相似的进化过程，只是时间长短有所不同。先是生火，发明轮子之类的。飞行或航天可能是一个分水岭。如果你能抬头仰望天空，那你最终一定会设法飞上天去，因为你不相信在偌大宇宙中就只有人类一个物种。除非你只是观察，否则你肯定会找一种方法来检验你的理论。比如说，你把这些东西藏在月球上，因为你知道，只有当其他物种登上月球，它们才可能被发现。

在我看来，掌握核能也是一个分水岭。有趣的来了，如果你把这些东西设计成只能与氩-37反应，那么当这些东西被发现时就说明那个文明已经会利用氩-37了。当然这全是推测，不过如果真是这样，我会对他们刮目相看。

不论如何，我想我们还是得找个语言学家，再研究一下那些板子。

不是说没必要找语言学家吗?

我之前没想到氩。如果那个洞穴是故意建造并等待我们发现的，那么里面一定有值得我们研究的东西。如果你为自己的族人建造一座庙，你会在里面写上对你来说有意义的东西。但如果你是给别人建造的，你会希望你写下的东西对他们也有意义。你要是知道那些人永远也理解不了，那么你肯定不会去写。

已经有不少知名语言学家看过那些标记，但是什么也没看出来。你为何觉得这次结果会不一样?

我讲不出理由，不过我知道为什么他们初次去看的时候一无所获。因为他们寻找的东西不对。

你现在知道要寻找什么了?

我不知道。但我认为这是好事。我认为那些人之所以一无所获，正是因为他们太自以为是了。

你可以说得简单些吗?

抱歉，这么说吧，人们不会质疑自己已经认可的事情。科学家也不例外，他们只不过是知识储备更多的人罢了。比如说我是物理学家，我绝不会质疑自然界的基本四力。我想当然地认为习得的知识都是正确的，我只会在此基础上发展它。我们总是向前看，却从不向后看。但是这件事……不一样。它向我们发起挑战。它公然挑衅物理、考古、宗教，它改写历史。它挑战我们的各种认知。我这么说肯定又不好懂了。

听得有点儿晕。

我想找一个新人。有天赋的学生之类的，他不会照本宣科，因为他连书本都还没读全。我们得换一个全新的视角。我会联系语言部门，看看他们有没有好的人选。

这个想法挺有意思。你想找一个学识有限的人，去解决一个所有专家都解决不了的难题。

意思差不多，要聪明，而不墨守成规。你看，我这样说比你刚才说的就好听多了。

嗯，反正试试也无妨。你收到土耳其运来的前臂了吗?

2 天之前就收到了。前臂和手掌一样，很光滑，末端实心，没有卡口，所以我们不知道它们是如何连接的。前臂末端是个凹面，而手腕末端略微凸出，但是上面都没有起固定作用的零件。

我还以为现在两块肢体接上了。

是接上了。我的意思是说，我不知道是怎么办到的。我们只是把它们靠在一起，想看看能不能拼合，结果它们就像磁铁一样吸上了。我助理的一只手都差点被夹断。我只能用象声词来描述它们吸上时的声音——“呜嘘”——非常大声。

还能把它们分开吗?

不能。我们手头的工具没有那么大力。我不敢轻举妄动，怕损坏了它们。我索性专注于寻找其他肢体。我迫不及待想看看整个身体接好后的样子。等到全部拼合完成，再进行拆分也来得及。

所以你认为，还有其他肢体散落在别处。

那当然了。我太想找到它们了。我可能有点儿着急，但是我想的准没错。如果能找到另外一只手、一个头，甚至一只脚，就能表明它是某个遗迹，或者某种艺术形式，你不可能只建造一只前臂。

我虽然不是专家，但是在我印象里，前臂并不具有重要的宗教含义。而且报告里说在土耳其发现的前臂附近并没有找到特殊用途的房间，没有墙壁和标记。前臂太大，房间装不下，所以它那天的出现，肯定是他们有意为之。

我同意你的说法，但如果他们只造了一只手臂，那么我们就只能找寻其他肢体了。

也有这个可能。不过我还是认为，留待我们发现的肢体拼在一起会是完整的。

希望最后证明你是对的，我是说真心话。

我只能说，如果我有能力建造出这么雄伟的东西，肯定不会只造一只手臂。

基于目前掌握的信息，你有办法找到其他肢体的下落吗？

如果它们散落在地球上，那么我一定有办法找到它们。我得先研究一下，究竟如何获取这么多的氩 –37，以及怎么有效地分散它们。但就算有了办法，要想找齐所有的肢体，也需要很长的时间。

需要多久？

我估计不出来。数月或者数年？假如像我们所想，肢体未被大块分割，那么至少会有 14 块肢体：每只手脚各 3 块，头和身躯 2 块。我只希望在土耳其发现的这块是个特例，其余肢体散落的地方不会离发现巨手的矿井太远。

如果我想的没错，他们希望我们找到这些东西，那么这些肢体应该是埋在地里，这样我们找起来相对容易。我可不希望去大海里捞它们。

我得再向国家安全局要一些资金。我不知道这个寻找过程会多久，但我可以肯定的是目前的预算绝对不够。

别管国家安全局了。告诉我你需要什么就行了。

别管国家安全局了？你再告诉我一下，你做什么工作来着？算了，不要回答。我会给你寄一张设备清单。得要一架能长距离飞行的飞机或直升机，把肢体运回来。我们还需要一队人马，及一个肢体复原团队。这部分后期会比较麻烦，因为目前发现的肢体应该是个头最小的，而之后要复原的是些大家伙。

我们有这样的团队。我会再给你找一些飞行员。

如果一切顺利，我们还需要一个更大的房间。

要多大的？

如果按人的比例来推算，她的身高大概有 61 米。即使我们把她放平，也还是需要一个仓库才放得下她。

你仍旧相信那是女性的肢体？

无比相信。

TOP SECRET

File NO. 009

采访美军三级准尉卡拉·雷斯尼克

地点：德国曼海姆市科尔曼陆军机场

又是你。这次想问些什么？

只有几个简单的问题。

如果我不想回答呢？

你随意，但是我劝你不要这样。

我怎么感觉这是个测验？

你很有观察力。我手上有一个项目，你也许帮得上忙。一方面，你目击了那天发生的事，并展现出了你身上所具备的能力，这让你在候选者中脱颖而出；另一方面，我又担心你冲动、不合群、违抗上级的特点会坏大事。所以，我要先征得你的同意，问你几个简单的问题，希望你能如实回答。你办得到吗？

回答问题？我不是一直在回答你的问题吗？

我不是说这个。我见识过你打马虎眼的能力。所以我问你能否如实回答。

说假话会怎么样？

肯定会影响你入选这个项目。

你这样有意思吗？你都已经说了你对我的看法——冲动、不合群。

这样说吧。如果我心里已经认定你不适合这个项目，那你不如尽快回答完我的问题，这样你就可以回到你该去的地方了，反正你现在也开不了直升机了。我大老远飞过来，为了看你的惨状，浪费自己的时间，我这么想听到你的回答，简直是个蠢蛋。好了，现在我给你 10 秒钟作答，准备好了吗？

…………

你最大的缺点是什么？说 3 个。

我……上次见面你说我什么来着？执拗、多变、暴躁，就这 3 个吧。我还很记仇，这也算一个吧？

你欣赏别人什么特质？也说 3 个。

忠贞、诚信、胆识。

好。下面的问题，请你回答“是”或“不是”。第一个：你的理性多于感吗？

让我回答“是”或“不是”？这我没法回答。我知道你希望我回答“是”，然而问题在于，有的时候你要相信自己的直觉。

所以你的回答是“不是”。

可我回答“不是”的话，你会觉得我情感用事。

我可能已经这样认为了。我可能还认为你无情。不过，你还是得回答我，“是”或“不是”。

不是。

你经常思考人类及其在宇宙中的地位吗？

是。

你喜欢在人堆里？

不是。

遇到突发事件，你总能率先做出响应？

嗯……应该是吧。

你喜欢归因？

是。

你是社交活动的主角，而非看客？

这个问题嘛……我都记不清上一次社交活动是什么时候了。

我重复一遍问题：你是社交活动的主角，而非看客？

不是……应该不是。

你不善于表达自己的感受？

这个问题我也回答不了。你得看是什么感受。我觉得很多人不敢发怒，但是我可以。同属于这一类的感受还有：高兴、感激、挫败、惊讶。而爱、害怕、羞耻、渴望、无助，则是另一码事。

你考虑得很多。但请你回答“是”或“不是”。

我回答不了。我都告诉你了，不能一概而论。

很抱歉，这是道是非题。请给我一个答案。

是！我的答案是“是”！

你不用生气。

我没有生气。

随你吧。你抗拒权威。

你不必弄一个测试来证明我抗拒权威。

这是下一个问题。请回答“是”或“不是”。

哦，是……怎么，你很意外？你是不是想问我，为什么一个抗拒权威的人会来参军？

自问自答，挺有意思。我们可以继续下一题了吗？

可以。我一紧张，话就很多。

你认为有外星人存在？

什么？

你听见我的问题了。请回答。

不是。这个回答能说明什么？

说明你不相信有外星人。你真这么想吗？我现在宁可相信他们是存在的。

谢谢告知。

现在我给你起个头，你接着往下编故事，一两句话即可。明白我的意思吗？

嗯，明白。

汤米独自坐在门口……

你要通过听我编故事来深入了解我？太搞笑了……你为什么不直接问我你想知道的东西？

你要是不回答，我们就得继续耗在这里。这道题又不难，肯定难不倒你这样的聪明人。

别侮辱我。

我没有。还记得吗，我看过你的档案，里面说你的智商介于125–130之间，说明你很有天赋。所以就算这道题是限时完成的，也难不倒你。我们可以继续了吗？汤米独自坐在门口……

好吧……他的朋友说会来找他，但是并没有出现。汤米正在脑子里编故事。当他的朋友终于赶来，他已经不想和他玩儿了。可以了吗？

好，下一个故事。丽莎在去超市的路上捡到一张中了500万的彩票……

这些故事是你自己想出来的，还是有一群心理学家在替你设计？我想说，真的有人会说“占为己有”吗？那如果周围没有人呢？你又不能登报寻找失主……

我不认为……

没关系！彩票背面写着名字和地址。她将彩票物归原主，失主是住在附近的一位老人。老人在死前立下遗嘱，死后把所有东西都赠予了丽莎。够感人了吗？

很好。接下来，我说一个词，你相应地给我一个词，要凭你的第一反应。准备，开始……战争？

死亡。

幸运？

我不知道……朋友？

跌倒?

爬起。

祖国?

感恩。

父亲?

……失去。

信任?

…………

雷斯尼克，回答我。

委托。结束了吗?

结束了。我还有一些问题想问，但并不是测试。

你还是会在心里评判我的答案。

是的，不过接下来我会主观一些。你能告诉我“夜行者”是什么吗?

“夜行者”是美国陆军第160特种作战航空团，擅长低空飞行作战。

厉害吗?

出类拔萃。

你是其中的一员?

现在是了!

现在是了?

我不能再开直升机了。视力受损后，我在沙巴劳斯基空军突击学校教学，这你知道。

也就是说，你教导他们如何飞行，但是你不能参与飞行。

我知道你觉得有点讽刺，但是我不这么觉得。这是一项特殊任务。他们从来不招女兵，女性只能从旁协助。

“他们”是谁？

美军。他们不许女兵参战或参加特殊任务。

对此你是什么感觉？

对于女兵不能参加特殊任务，我是什么感觉？我入伍第一天就知道啊。军营里有许多女性能做的有意义的工作。你想知道我不能飞了难不难过？难过，就好像切断了双腿一样。

你那么热爱飞行？

很多人的童年梦想是成为消防员、警察、战机飞行员、宇航员，但是长大之后，大多数人改变了主意。而我一直梦想着成为一名直升机飞行员……哦不，我最早想要做一位公主。但是当我看到悬停在我家房顶上的直升机的那一刻，我的梦想就变成了当直升机飞行员。那时我才五六岁，之后我的梦想再没变过，我从未后悔参军入伍。我就是这样一个人。而开飞机，是唯一一件会让我热血沸腾的事。

如果他们允许你飞，你还能飞吗？

能啊，我的视力没有问题。

我问你一个问题，你为什么出现在土耳其？

你这样问我很难回答，你得说具体点儿。

我的意思是，他们为什么派你去？不是说有规定，不许女兵参加这类任务吗？而且你刚才也告诉我，这种任务许多人都可以完成。你还不是“夜行者”的成员，他们为什么派你这样一个个性鲜明的 24 岁女性去？

指挥官认识我。在阿富汗的时候，我给他飞过增援任务。而且北约又有一些特别。指挥官只要说是侦查任务，或者增援任务，我就可以参加。部队里有一些很优秀的女飞行员。好的指挥官会设法让她们参与到任务中来。

最后一个问题。如果我可以解除你的飞行禁令，你会用什么和我交换？

你要我做什么都可以。

你可要想清楚了，世上没有后悔药卖。

说吧，要我做什么？

你愿意冒生命危险吗？

这还用问吗？每一个军用直升机飞行员都知道自己要冒生命危险。

你会不惜把无辜民众置于危险之中吗？

如果是正义之举，我会。你不用问了，我已经说了，只要能解除我的飞行禁令，我什么都愿意去做。

你是一名美国士兵。我猜长官给你分派任务的时候，不会什么都告诉你吧。你之前执行过保密任务吗？

执行过。只是没有你想象中那么多罢了。

那么你怎么判断这项任务值不值得豁出命去？别告诉我你会盲从，我可不信。

我猜刚才的测试我表现得不好。你说得没错，我不会轻信某一个人，但是我相信一个群体。

有意思。

我认为个体是胆小、愚蠢、自私的，但是一群人就好多了。军队是一个庞大而笨拙的机器，但是我相信它往往能做出正确的决定。

你的思维可以开放些吗？你愿意否定自己已有的认知吗？

我想没人会说自己思维僵化。你说呢？

非常感谢，雷斯尼克准尉。

又一次这样结束了？别啊！再告诉我一些……不行吗？那你再问我一些问题吧！别走啊……我可以再给你编几个坐在门口的汤米的故事！

File NO. 017

采访美军二级准尉瑞恩·米切尔

地点：华盛顿州刘易斯-麦科德联合基地

早上好，米切尔先生。富兰克林博士告诉我，你们取得了很大的进展。

是的。像她说的，世上无难事，只要肯登攀。4个月来，我们飞遍北美上空，寻找仙尘。你只有从高处看才能看见它，有点儿像夜间作物喷粉，不过性质不一样，它应该是违法的。我们叫它“奇妙仙子”，因为它的身后总是会有一道仙尘。

混合物有用吗？

太有用了。感谢富兰克林博士，她很会调制，一定是个好厨师。一开始的时候，除了富兰克林博士，大家都不相信这种富含氩的空中夜用混合物——她简称“神秘配方”——会有用。但是它真的很有用，才 1 周时间，我们就用它找到了位于佛蒙特州的另一只手臂。不过，我们又险些坠机。卡拉认为……

你叫她卡拉？

抱歉，是雷斯尼克准尉。我们相处有一阵子了，私底下已经这么叫习惯了。她和富兰克林博士原本以为 2440 米的飞行高度足够安全，但是当我们发现位于佛蒙特州那只被激活的手臂时，直升机的引擎还是出现了骤停，和在土耳其那次一模一样。好在，这一次我们的高度足够高，在触地之前，她又及时发动了引擎。真是有惊无险，看得我直叫好！

看到你们相处融洽，我很高兴，这和我之前所想的一样。听你的描述，你很迷恋她？

我不会越界。我很清楚军规，只不过她太有魅力了，所有男人都会为她心动。她的身材很适合游泳：大长腿，还有大多数男人都喜爱的肩形。虽然我不该这样讲，但是基地的男人都说，单是看她的优美走姿，就能看上一天。她皮肤白皙，发色乌黑，目光炯炯有神。那青色的瞳孔，让人非常的……紧张。你不是见过她嘛，你知道的，你的目光根本无法从她身上移开。

我没发现。你必须认识到，你不是在执行一般的军事任务。你绝对不能够冒犯上级。

当然。在部队里，副驾驶是第二指挥。也就是说，她是我的上级。我们自己有一个小型指挥系统，而且部队非常重视统一法典。反正无所谓，我只不过是很欣赏她，并没有非分之想，而且请你相信我，她一心扑在工作上，是不会纵容我的。

如果她这样告诉我，我会认为是最高表扬。我们还是说回到任务上来吧。

好！我们把国土划分成若干网格，每个格子的大小大概是我们每晚能够排查的面积，这主要取决于从最近的美军基地到达那里所需的时间。我们可以从这里把地图的大部分都扫一遍，然后挨个排查东边和南边的区域。目前我们已经查了一半了。

混合物可以空投扩散吗？我不希望你们每次发现肢体，都险些丧命。

可以。我刚才说过，第一周飞行险些丧命。于是我们把飞行高度调到了 4575 米，但我们不知道是否会因为飞得过高，激活不了肢体，导致错过它们。一个月后，我们找到下肢，后来又发现了脚，就在堪萨斯和密苏里州的交界处。

脚？

很大一只。我本来以为它会有很大的趾头，结果它更像一只漂亮的厚底靴。富兰克林博士说自己对鞋子很有品位。

事实证明，飞得高些，也能飞得快些，空投下去的“神秘配方”的覆盖面积也更大。排查一个区域，我们也不用来回跑那么多趟了。

所以说你们已经找到 5 块肢体了？

6 块。我们刚在田纳西高架路上发现了大腿。那可是个大家伙！

有多大？

我估计不准，可能有 18 米长。不仅个头大，威力也大。800 多米长的高架路被它毁得不成样子。富兰克林博士解释道，这些肢体埋在 276 米深的地下，当它们快速运动到地表时，就会造成这种结果。还好我们在直升机里，我可不想被这些运动的东西弄死。感觉就像世界末日一样。

谢谢你，米切尔先生。富兰克林博士这会儿也在汇报你的情况；我突然发现，我们这还是初次见面，真的很高兴认识你。

我也是。

做个自我介绍吧？

其实也没什么好说的，我是一名美国军人。

你能说的肯定还有很多。

我还能说些什么？我来自底特律。我父亲也当过兵。还有……我高中是在亨利·福特读的。我爱打球。

你父亲也是直升机飞行员吗？

不是，他是工程师。我对他那个领域不感兴趣，所以我上了准尉军官培训学校。我想做些不一样的事。

他一定很为你骄傲吧？

是的。我祖父也当过兵，当兵在我家是一种传统。我真的要感谢你让我加入这个项目。我知道你其实不想选我，但是我确实很高兴来到这里。我很感激。这比我预想的刺激得多！

我之所以选你们，是因为你们非常互补。也是因为雷斯尼克准尉和你配合无间，我才会选她。你放宽心。

嗯，我理解。我是副驾驶。她很棒。你选择她是正确的。

我从你的热情可以看出，你对新的工作环境适应得不错。

是的，适应得很好。富兰克林博士很照顾我们。我们相处了近

1周，才开始到处飞行。她带着我们加速，给我们一一示范她的动作。她让我们觉得自己是团队的一员，而不是简单的跑腿兵。那只巨手简直太美了。你真的认为它来自……你懂的……外星？

富兰克林博士肯定是这样想的。我不想反对她的意见，知识层面上也无力反对。

我也一样。她很有母性。我想象不出她发怒时是什么样子，也不想把她惹怒。她人非常好，而且特别聪明。她试着用通俗的语言向我们讲解她在做的事情，但我还是有许多地方听不明白。

这就是我们选她的原因。实验室里进展如何？大家相处还好吗？

挺好的。富兰克林博士心情很好。她和卡拉——抱歉，是雷斯尼克准尉——关系不错。一开始的时候看不出来，其实她俩很像，虽然性格截然不同，但是都很有干劲，并且很有决心。我甚至觉得，她俩的长相仔细看来有几分神似，像是一对姐妹，或者一对表亲。她俩有着同样的黑发，目光如炬，还似乎心有灵犀。

听说库蒂尔先生来了。

那个语言学家？是的，来了。一个从蒙特利尔来的说法语的小子。名字好像是叫文森特。

你们俩聊过了吗？

还没聊过，平时不怎么见得到他。他们把板子搬到了另一个房间，而他大多时候待在那里。他们说这个人非常聪明。我以为他会有法国口音，但其实并没有，他倒是有点……德国那边的口音。

他是魁北克人，不是法国人。

我知道，我只是本来以为他们那儿的人都说法语。反正不管他说的是哪国语言，很搞笑就对了。富兰克林博士让他平时用法语来交流，说她自己平常也没机会说，这次正好练练。甚至连卡拉也能说上两句法语。我想这里应该只有我一个人听不懂他在说什么。

听起来你不喜欢他。

那倒没有。我们不是一类人罢了。他让我想起读书时总被欺负的那类孩子。我不想回忆那个时候。

你后悔那时欺负了他们？我觉得你不是个爱欺负人的人。

我并不想打他们，或者折磨他们。我只是想融入其他孩子，足球队的圈子……你懂的。

我不懂。

在足球队里，身体强壮的孩子会取笑比他们弱小的孩子，一有机会就会在过道里截住他们。我知道那种行为是不对的，但是我没有勇气去制止。我或许应该站出来，为那些弱小的孩子出头，但是我并没有。

你那时也还小。现在你用成人的眼光去评判当时，可能有些不公平。

可能吧。你看，我也没有因为这些事而失眠，只是你问起来……我觉得可能……无所谓啦。等我和他熟络一些就好了。我能问你一个问题吗？

当然。

我们为什么要做这件事？

你觉得被古老文明留在地球上的一件物品，不值得我去关注吗？

我不是这个意思。我是说，为什么是“我们”？我知道这件事很值得去做，我也理解为什么萝斯参与进来，我只是不明白军方参与进来是出于何种原因？

首先，军方没有参与进来。在军方看来，你和雷斯尼克准尉是在接受训练任务。至于你刚才的问题，我现在回答你，我认为发掘这些庞大古物可能造成严重的影响，而科学界可能无法应对。你知道在土耳其那天发生了什么，我们需要戒严、疏散、应对当地警力。我认为这些最好交由受过军事训练的人来完成。

你觉得我们在寻找的东西有军事价值吗？

这不是重点。我想在寻找肢体的过程中，我们一定会有收获，并且是很大的收获。至于它有没有军事价值，只能等发现了以后再来判断。但我可以肯定的是，有你和雷斯尼克准尉的加入，这项任务的胜算会大大增加。

谢谢你的回答。我只是不希望到头来才发现，这其实是某一个人的阴谋。

如果是的话，你觉得我会告诉你吗？

应该不会。

那就别多想了，米切尔准尉。你所做的是正义之举。

TOP SECRET

File NO. 031

美军三级准尉卡拉·雷斯尼克的日记

我们今天害死了一个孩子。我们害死了一个小女孩!

我们早应有所察觉。肯定要出事的，高架路的事就应该引起重视了，我们却一门心思只想着寻找下一块肢体。我们太容易忘记这些东西为什么埋在地下，埋在树林和荒野了。我们在那些地方发现前四块肢体，只不过是侥幸，现在我们害死了一个女孩!

我们被取得进展的喜悦冲昏了头脑，于是改变计划，加快了搜寻速度。

今天天气也很好。我特意起了个大早，早早到了实验室。因为一直是夜间飞行，所以我们与富兰克林博士及实验室里的其他人的相处时间不长。但是他们都在那里，我们就去跟他们聊了几个小时，了解一下他们的工作。

米切尔和我 10 点半左右离开实验室。我们驱车前往基地，做飞行前的准备。我们径直到了拉斯维加斯附近的奈利斯空军基地。我的视力状况比想象中要好。眼睛不疼了，但是飞行几个小时之后会变得湿润。晚上飞倒不要紧，可那是白天，而且要飞那么久，我有点儿担心。

我们到奈利斯空军基地之后，睡了几个小时，然后又出发了。我们今天得扫一遍亚利桑那州北部。这是目前距离基地最远的地方了。飞行时间虽长，但是能够目睹从未见过的壮美大峡谷，让我俩都很兴奋。晚上飞这么高是看不到什么的，但我们还是很高兴，就好比说，你在巴黎转机，虽然没有出机场，但是你确实身处巴黎。

我们的飞行还算顺利，眼看就要抵达终点。在大峡谷的南边向西飞的时候，我发现自己的左侧闪起了光。这与前几次发现肢体时的光不太一样。那是一片白光。我和米切尔谁也没有注意的时候，就已经在那儿了。在白光中间，有一道蓝绿色光，白光环绕着它闪烁，很像我在伊拉克看到的城中遭炸弹空袭时的景象。我看了看地图，那里是弗拉格斯塔夫。

我让飞机下降一些，朝西开向那道蓝绿色光。靠近它之后，受损地带出现在我们视线下方。那块肢体——从上方看好像是一只手臂——毁了一大片城市建筑。边上的一些房子被一分为二，电线杆倒下，火苗到处乱窜。许多没有被毁坏的房子都着了火。

我把直升机停在了隔着 3 条马路的一家饭店的停车场，然后赶忙奔向火场。一些赤身裸体的人正在慌忙逃离，当时一片混乱。消防员和我们的救援队还没有赶来，一些命大的人及时逃出了家门，但是火势愈演愈烈。他们在马路上奔跑，试图不被倒下的电线杆砸中。我能看见光亮来自一个大坑，那个地方原来立着两栋大楼。

一个穿睡衣的女人突然出现，抓住我大喊："艾米！艾米！"她不停喊着这个名字，把我往大坑边拉。"她在房间里！艾米在她房间里！"

她的房子从正面看还好，但是后半部分敞开了口，就像一间玩具屋，每一个房间和每一件家具都能看到，艾米的房间在大坑边上，完全……米切尔把那位母亲从我身上拉开，尽力控制她。"她已经死了，"米切尔紧紧抓住那位母亲，说道，"她已经死了。"

大坑里全是泥和瓦砾，还有水在流淌。电话亭在里面很显眼，像野草一样；还有大块的砖墙。我们能看到只剩前面半截的汽车，全部混在泥浆和岩石里。根本没有可能搜寻幸存者。

有一只伯尔尼兹山地犬，个头已经不小了，但是你可以看出它还没有成年。它就站在坑边，对着一堆瓦砾狂吠。很多狗都在叫，但只有这只山地犬对着同一个地方叫着，还跳个不停。它的意图是如此明确。可它盯着的地方除了泥浆、一些衣物和一台微波炉以外，什么也没有。

米切尔和我离开大坑，仔细检查了几座位于坑边的住房。什么也没有。

他们告诉我，当晚只有 8 人遇难。很明显，大部分人在地面开始晃动之前就逃了出来。只有 8 个人……我在 4575 米的高空按下的按钮，居然杀死了 8 个人，8 个无辜民众，他们一定非常恐惧。

他们告诉我，错并不在我，但我知道不是这样。我们本来可以不去那里，不做这事。我多希望我只用说一句“奉命行事”。可是，这是我自己的选择，我对这些人的死亡负有责任。

除了我，大家好像都释怀了。他们对我表示出了极大的关切，很照顾我，很热情。我不知如何面对这样的关注。我知道这不是怜悯，但是在那之前，角色还是反过来的——我关照他人，而不是接受他人的关照。

只要我不反对，米切尔就会来看我。这频率对他来说明显还不够。他真的很关心我，大家都看得出来。但是这件事，我不想跟他聊。事发时他和我都在场。他不是那个按下按钮的人，但是他一定也觉得自己负有不可推卸的责任。如果我们接下来还要搭档飞行，我不希望两个人因为这件事而产生隔阂。

事发之后，我有很多时间是与富兰克林博士一起度过的。她希望我叫她萝斯，但是我叫不出口。对于这次意外，她的心理状态调整得很好。她是把握全局的那个人。她一定承受着很大的压力。

她每天上班前都会过来，有的时候一待就是几个小时。她很像一位大姐姐。只有她才能让我转移注意力。每隔几天，她会给我带一本新书，书并不好看，都是些恶俗的言情故事。但是她自己也会阅读这些书。两个人看完之后，会一起吐槽。我们的笑点很一致。能拥有这样默契的朋友，我觉得很幸运。我想她一定也这样觉得。

她从没问过我事发的经过。她知道我已经和每一个人说过了，因为那些人就想和我聊这个。而我不必将这件事重复一万次来铭记。我就在现场。我知道它将影响我的一生。我记得每一个细节；

我记得人们的穿着；我记得被一分为二的住房墙壁上挂着的相框。富兰克林博士理解我。对此，我心怀感激。我不知道如果没有她，我能否从这次阴影中走出来。

我知道，她仍然相信这会是一件善事。我能看出来。有一阵子我认为她只是对科学怀有好奇，但是现在我知道，她相信这一切是值得的。她真的认为我们可以从中获取某些知识，从而造福人类。能在历经这样一场悲剧之后看到这样的信念，真好。对我来说，这是个惊喜。

说到惊喜，文森特昨天来找我了。我压根儿没想到他会来，因为我们俩几乎不认识。他只待了一小会儿，但是他说给我准备了一件礼物：一张 25 元的超市购物卡。我快要笑死了。我想逗我一笑才是他真正的用意吧。然后他就起身走了。我有些莫名的感动。我对他一无所知。他工作时独自待在隔壁，所以一直以来，我们并没有机会交谈。

富兰克林博士告诉我，他们拼合了一只腿，但是这个过程与我们预想的不符。膝盖的连接处还多出一个连接点，也就是说大腿上面还缺了一块。富兰克林博士说，缺的部位类似于马的后肢。我等不及想看看它是什么样子，但是如果这时候回去，我还没有做好心理准备。

一定要找到它。瑞恩说，我们的神秘朋友问他愿不愿意来接替我的工作。瑞恩听了之后非常激动，但是他说除非我同意，他才会答应。他说，如果我愿意，他们可以为我安排一些地面工作，大家肯定都会表示理解的。

他们真好。瑞恩这个愣头青，都不知道自己被耍了。我隐隐觉得，我们正在和一个不容说“不”的人打交道。我想，必要时，我们的“朋友”宁可对着我的脑袋来一枪，也绝对不会答应我退出的。

如果我非要退出，会怎么样？做自己的事，就好像一切都没有发生过？我甚至不能跟任何人说起。要是没人发起第三次世界大战，我一定会无聊死的！虽然知道这样想太过自私，但是我真的怀疑，有过这样经历的人，还能回到从前，在基地之间运送木箱子吗？我渴望探究真相。有这样的开头，谁会不想知道结果？不告诉我结果的话，我会疯掉的。

我突然想到，日记是储存在实验室服务器上的。你一定在偷看，你知道我说的是你！嘿！混蛋！有两件事，你听清楚了：一，别再看了；二，我猜你之所以选择我，一定是有原因的。你根本不必找一个眼睛坏了而且态度恶劣的女孩。我这辈子没打过退堂鼓。如果你认为我会退出，那只能说明你从你那愚蠢的测试中了解我还了解得太少。

我说了，我需要静一静，但是我们必须找下去。那个小女孩，还有所有无辜的死难者……我们要用真相给他们一个交代。

TOP SECRET

File NO. 033

新闻报道——《亚利桑那共和报》记者凯瑟琳·麦考马克

弗拉格斯塔夫发生恐怖袭击——爆炸致 8 人死亡

昨夜，弗拉格斯塔夫近半数的楼房损毁，警方称系一场谋划失败的恐怖袭击。

犯罪嫌疑人——美国人欧文·雷曼于昨夜凌晨 1 点身亡，他 15 岁的儿子及另外 6 人也不幸在这场制弹事故中丧生。

2012 年，雷曼申领伤残抚恤金被拒，此后，他开始向联邦政府寄发恐吓信，并愈发频繁。“我们认为他在近期的一些回信中言辞过激，我们对此非常重视，”联邦调查局菲尼克斯分部警官罗伯特·阿姆斯特朗说道，“从检测到的微量元素及从现场带回的瓦砾来判断，我们认为雷曼先生当时正在制造一枚大型炸弹，研制过程中发生意外，炸弹爆炸了。”联邦调查局已经监视雷曼先生数月之久，但迫于缺少证据，无法将其逮捕。“我们显然希望能预知这次爆炸。”阿姆斯特朗警官说道，“但是此前我们以为，雷曼先生的袭击目标是位于伍德兰德村大道的社保中心。”

当记者问及事发现场为何没有出现火情时，阿姆斯特朗警官又补充道：“爆炸炸毁了雷曼先生住处的供水系统。水卷走了大部分的瓦砾，导致类似泥石流的场景，扑灭了火苗。我们很幸运。如果火势很大，伤亡会更加惨重。”

雷曼先生的近邻克拉丽莎·帕罗表示，雷曼平日里一直受到邻居的喜爱。“他很有魅力。看起来特别内敛。我只能说，知人知面不知心啊。”

警方目前正在展开进一步的调查。市长尤德尔计划今天晚些时候前往事发地点，并接受媒体的采访。

TOP SECRET

File NO. 034

采访国家安全事务助理罗伯特·伍德哈尔

地点：华盛顿特区白宫

你以为自己是谁！我不知道你什么来头，但这里是总统办公室，岂是你撒谎骗钱的地方！国家安全局怎么会允许这样的事情发生？

他们也没辙。

好吧，如果他们也没辙……那你这样的报道，他们怎么会同意？

他们既没有同意，也没有反对。他们只是……没办法。我觉得就算他们参与进来，也不会有什么帮助。我不知道他们起初是如何参与进来的，又为何要参与进来。他们是破译专家，负责分析通话。外来文明留下的巨物似乎不关他们的事情。如果我们需要在电话里聊这个，那我会问问国家安全局的。

很高兴看到你如此尊重我们的国家机构。还有一个问题。你到底是什么人，为什么能对国家安全局发号施令？算了，就告诉我你是什么人吧。

我对国家安全局无比尊重。我还十分尊重我的牙医和会计。但是我不会让他们当中任何一个来领导我们的科研团队。

你没有回答我的问题。

你上任时他们是怎么告诉你的？

什么也没说！只是告诉我，为了国家安全，我要竭力配合你。好吧，我想这回我可算是竭力配合了。

还是别不依不饶了，为了国家安全。

你这个混蛋，害死了8条人命！8位美国公民——其中还有一个孩子，上帝啊。6岁的孩子，红色卷发，明亮的蓝眼睛。

如果她不是蓝眼睛，你会好受些吗？

现在每个国内家庭的客厅电视上都是她的照片。

这是个突发的悲剧。我也希望这样的事不要发生，但它还是发生了。我们此前认为在人口密集的地方发现肢体的可能性非常低。我们有一个应急计划，确保万无一失。我们在尽力避免悲剧的发生。

你们做得可真好！一伙士兵把一位哭泣的母亲推上卡车。电视一播，效果好极了。

我们编了个故事。

我知道。我读过了！一名美国恐怖分子在家中自制炸弹意外爆炸。编得可真好。你把全国上下搞得提心吊胆，就为了隐瞒你的雕塑！替罪羊的家人是什么反应？我敢说他亲戚知道他是恐怖分子之后，肯定吓死了。你可知道，这不是儿戏。

你我都清楚，我所做的事情不知在这个国家上演过多少次。而且你还别说，你的支持率可能会因此上升20个点。哎呀，别用这样的眼神看我。你有许多天赋，可你不会演戏。距离选举只有不到1年时间了。有多少总统在危机中败下阵来？你真的准备站在那里，然后告诉我你无所谓？不再考虑一下吗？

你就承认吧，这场悲剧的发生与你无关，你不必为那个小女孩的死自责。我认为你不必因为从中受益而良心不安。

还有，准确来说，那东西不是雕塑，而应该是某种媒介。

……报告里从没说过……

你的报告可能有点儿过时。我认为肢体不会都出现在美国境内，所以我又派了一队人马在别国领空搜寻。

难以置信！什么时候的事？

半年前就开始了。

半年前！半年前你连搜寻行动都没有开始！

事不宜迟呀！我们先搜寻了几乎无人居住的北极。我们在埃尔斯米尔岛的冰层下面找到了一样东西，你可能会感兴趣。

你不觉得做这件蠢事之前应该先跟……我看看，先跟我……说一声吗？！

亲爱的罗伯特，我真的很喜欢跟你对话。你大可放心，我觉得有必要的事情，一定会马上与你沟通的。

该死的……加拿大人发现被你们入侵了，做何感想？

他们压根儿不知道我们在那儿。他们太过担心丹麦船只入侵，大概还挺乐意我们在那一带巡航呢。

那一回我们找到的是躯干，非常大的躯干。表面上看，它和其他肢体无异，但是我们在它的背面发现了一个小门。这块躯干是空心的。里面有很大的空间，看起来像个控制室。

你是说，它可以被移动？就像机器人一样？

目前来看有可能。等到肢体找全，就可以进行验证了。

好吧。能不能动，倒无所谓。海陆空可以移动的东西太多了，你们为什么非要找它，是因为它有防御能力吗？

等到肢体找全，就知道了。我刚才说过，我们真的很需要将搜寻范围扩大到国外。

你还想搜寻哪些国家？

这话是什么意思？

多简单的问题啊。还要搜寻几个国家？

当然是所有国家了。

这么说吧。你想让总统授权你侵入地球上每一个国家的领空，好让你去那些地方空投放射性物质，目的只是为了找一些庞大的外星机器人？没有错吧？

不止这些。他要做好更充分的准备。这才刚刚开始，后面的事情还多呢。他一定要搞清状况，这一点无论我强调多少次也不过分。

飞入其他国家的领空并不难。如果顺利，这件事会神不知鬼不觉。问题在于，万一这些肢体被我们找到了，它们——早晚——会从地里冒出来。出现在无人区还好，要是出现在你不希望它们出现的地方，怎么办？它们会猛地冒起，狠狠撞击，造成破坏。你觉得在弗拉格斯塔夫发生的事情惨不忍睹，那你可以设想一下，如果爆炸发生在伦敦或巴黎市区，或者莫斯科红场，会怎么样？死的人远远不止8个。死的全是无辜民众。更多红色卷发的小女孩要离开人世。

你需要安抚群众。你首先要慰问他们。有些人会接受，有些人根本不听。

然后呢？你手上已经沾满鲜血。你会就此停止吗？你真的得问问自己："我打算怎么办？"如果你和总统不愿意配合，我提醒一下，这场游戏里还有很多人在候补席坐着。

别威胁我。永远别威胁我。你或许有很大能耐，能让办公室逼我听你的，但要是你再敢威胁我一次……我可不是吃素的！听清楚了吗？！

亲爱的罗伯特，我听得再清楚不过。你也不用吓唬我了，我还是那句话。这件事不出国门根本办不了。你要记住——本来你看我的第一份报告时就应该想通的——这些东西已经埋了3000年。你担心侵犯的那些领空，只不过是地图上的几条道道。这些道道3000年前还不存在呢。

这事3000年前办起来容易得多，但是放在现在，去侵犯所有盟友、敌人的领空，就是发疯！当然，除非你愿意把刚才对我说的那番话跟所有国家的领导说一遍。我敢肯定，他们听完你的话之后，一定会欢迎我们去的。

随便你怎么嘲笑，没关系，但是到了最后你会发现，这件事完全没有商量的余地。你不想这么做——我也不想——但是这件事非做不可。

富兰克林博士知道了吗?

还不知道。我觉得你应该想要先知道吧。

你是说空心躯干，还是另一队人马?

两个都有。

你还是杀了我吧。另一队人马的事你居然没告诉她?她知道了一定会大吃一惊的。

你不用担心。

说的也是。我希望你告诉她，我是指空心躯干。另一队人马的事，你早晚要告诉她，她肯定会气炸的。我希望你跟她说清楚这到底是怎么一回事，会造成什么后果。别跟我说他们工作繁忙，你必须要告诉她。然后我要找她谈一谈。我知道，这一回绝对不能相信你。所以要是——你听见我的话了吗——要是她告诉我她可以搞定，那么你就将得到这个办公室的全力配合。可如果她说办不到……唔，咱们最好还是让她知道，她能搞定的是一件多么皆大欢喜的事情。

你要我去威胁她?

我要每一个参与的人——包括你在内——都明白，越往前走，这条路就越难回头。

所以你要我去威胁她。

你说得就像我要杀了她一样。

你要我去威胁她?

没有！我为什么要那样做?！我只是说，如果她搞不定，我们可以换一个人。

你觉得她没“搞定”?

她是搞定了一些事情。问题是如果她不能坚持下去，我们可以换一个能坚持下去的。她应该了解这一点。我不是说现在就换掉她，只是说要让她知道存在被换掉的可能性。对你来说也是一样。

事实并不是这样，但是我大概知道为什么你会这样想。

什么意思?

如果你手下有一个员工，再干半年就要走了，那么我想请问，你还会让她做多少事情?

我不明白你的意思。

你的老板 4 年后可能就要下台，至多连任一次，8 年后肯定不是总统了。我只是说，从国家的利益出发，需要的是更长久的承诺。

我肯定会向总统转达的。

Part 2

峰回路转

TOP SECRET

File NO. 037

采访恩里科·费米研究所高级科学家萝斯·富兰克林博士

地点：科罗拉多州丹佛市地下设施内

肯定是个女孩！他们把胸部抬进来的时候，我高兴得连嘴都合不拢了。鉴于她的体型，那对乳房不能算大，但是它至少比我的汽车要大。很自信……她以前一定是所有女机器人嫉妒的对象。

我还没有看到。

你一定得看看。护胸和腹部是光滑的。我想她应该是穿了某种顺滑的盔甲，就像亚马孙女战士穿的那种。在她巨大的肋骨后面，有两条蓝绿色动脉从旁贯穿。看起来就像露出一部分骨骼。她的身后刻着一个巨大的V形盔甲，一直延伸到她的腰部。实在太壮观了，很像人类。

嗯，你看得很仔细。就算是我，也不会对这么美的东西无动

于衷。有的部位确实很震撼人心。我能从你的表述中感受到你对这块肢体的喜爱……

是两块肢体：胸部和腹部，只不过发现的时候它们就已经拼合在一起了。

感谢你的指正。我刚才是想说，你应该多花些心思来研究这些肢体的功能。

我说了，你应该亲眼看过再说。就好比既然让我参观西斯廷教堂，就不能指望我不去看吊顶。她的美丽不只是个边注，它与其他东西一样重要。你看着她，自然就知道建造者想给人们造成一种威慑。站在她面前的人都会产生"敬"与"畏"两种感受。形态服从功能。

自然界的东西都具有自己的形状来与别的东西区分开来。形态服从功能。这才是合理的。

这话是谁说的来着，弗兰克·劳埃德·赖特吗？

是他的导师。我为我此前的话道歉。我不应该质疑你的判断。

没关系。我有一点儿跑题了，但是躯干真的太美了，而且非常大。

有多大？

非常大。是个……巨无霸。差不多有6层楼那么高。我们得重新找地方安置。

嗯，让人印象深刻。他们带我进去之后，我就在隧道里迷路了。20分钟之后，才有个警卫发现我，把我带到这里。

在我们搬进来之前，这个地方空空如也。大门里面的警卫确实不多。

你能给我介绍一下这个设施吗?

他们叫它"方舟"。我们现在位于丹佛国际机场的下面。在冷战最胶着的时期，人们建造了它，万一爆发核战，这里就会成为另一个指挥中心。此外，它可以容纳约 5000 人，是全球最大的地下储藏室。

听起来和夏延山[1]差不多。

没错。不过，夏延山常出现在人们熟知的科幻电影里，因此更容易成为袭击目标，而且它可能经不住导弹的猛攻。于是人们在 80 年代末建造了这里，政府连续性计划[2]启动的话，这里就是指挥中心和长期避难所。

我们已经获准使用储藏室。它的面积将近 1 万平方米，高约 100 米。如果我们把她成功拼合，她将有空间走动——我们发现，她是可以走动的。

待会儿你可以带我转转。我想，你找到入口了吧。

是的，在她的后背顶部，也就是两块肩胛骨之间，那里有一扇舱门。很隐蔽，但是门上有一个手印开关，会对体温做出反应。当你把手放上去，舱门就会自动打开。当然，我们之所以知道这一点，是因为我们已经进去过了。

听你说话有一点儿怨气。

---

[1] Cheyenne Mountain，科罗拉多州一座防核战的军事指挥基地，50 年代修建后运作至今。——译者注

[2] 又名"保护总统计划"，即在爆发战争时，采取一系列措施确保政府高层不被"一锅端"，从而保证政权的连续性。——译者注

我不知道是不是怨气。之前他们说让我来负责这个项目，后来又告诉我他们要派人搜查方舟，不用我的知识，而用我的配方。所以，我确实不太高兴，而且此刻我还想知道，你还有什么事情瞒着我。

我本想让你完成美国境内的搜寻。其实我应该早点告诉你。那么我现在通知你：搜寻不再由你负责，其他的事情还是归你管。

我希望你专注于实验。这更契合你的专长，你过去在这方面取得过不俗的成绩。我不想这样说，但是你并不是一名军师。第一次遇到路障的时候，你差点失去了你的飞行员。相信我，一旦进入他国领地，事情会更加棘手。

你要知道，我并不在乎谁来搜寻。我只希望你能对我坦诚。开始行动之后，我从没提出任何要求。现在我要提一个要求，那就是：不要背着我来。

我会记住的。现在跟我说说躯干。

舱门的背后有一个小通道，垂直于它 1.2 米的地方还有一扇有着同样手印开关的小门——开关的材质我判断不了。它通向一个球体，约 9 米宽。也就是约 30 英尺。

我知道单位如何换算，谢谢。

球体在躯干里自转，就像个大陀螺。原理很简单，球体的底部较重，而且它浮在某种液体上面。其他的事情就交给重力了。就算你倾斜外面的身体，球体依然会保持水平。这个球体好像是半透明的。你可以透过乳白色的液体看到浸在里面的黑色金属。室内没有明显的光源，没有窗户，却不是完全漆黑。

球体的地板很平，由两块新月形甲板组成。后面一块抬起来有近 1 米高，每边有两个台阶可以回到前面。从它的设计来看，应该是供 2 名飞行员一同使用。我管他们叫“动画师”。但它并不是真正的船，因此我更喜欢“木偶”的比喻。

上层甲板非常简约。有一束光从天花板射下来，照亮一半甲板。在它的末端，有一个黑色头盔——像摩托车头盔，面罩是黑色、不透明的——看起来像一件盔甲。上面有金属链捆住前臂和上臂，铰接在肩膀和肘部。还有一个大链子环绕胸部。在每只手臂的末端，有一个类似手套的装置。正对它的是一个小的金属圆柱，大约有 90 厘米高。

你知道它的用途了吗？

不知道，我们还没有开始研究。

底层甲板更为精致。有一个新月形控制台，约 2 米宽，上面刻着几十个符号。其中有一些符号我们见过，与之前发现巨手那里的板子上的符号一样。在控制台前，就是通常会摆放椅子的位置，有一个圆槽，不能叫水池，因为它只有 1 厘米深，但是里面装着一些乳白色如丝般柔滑的液体，就像熔化的塑料。在它的中间有一束光，从地板上升起，约 90 厘米高。与光束相连还有另一个黑色头盔，以及一组配套的腿链，悬挂在距离圆槽 2.5 厘米的地方。

似乎要两人配合，一个人操控手臂和躯干，另一个人操控双腿及其他控制台可以操控的东西。这下有意思了。

打断一下，你决定分别由谁来操控上肢和下肢呢？

还没有定。下肢的控制站控制着移动及其他功能，所以或许让卡拉坐在那里或者站在那里比较好。但是另一方面我又觉得，下肢比上肢更难移动，应该交给瑞恩这样的壮汉来操控。究竟怎样好，估计还得试一下才知道。

然后呢？

什么然后？

你刚才说：这下有意思了。讽刺不是我喜欢的交流方式，但是我能听得出来。我猜你马上要告诉我一些坏消息。

腿链不是为人设计的。很明显，只有机器人那么大的块头才能穿上它。我之前认为巨物的建造者至少会与我们有几分相像。如果他们不是人类，那就说得通了。

对飞行员来说会有问题吗？

可能我没说清楚。膝盖是反向的，所以对飞行员来说，要是不能通过智能控制下肢，肯定会有问题。我们必须要让飞行员穿上它来操控。

控制台呢？破译符号有进展了吗？

还没有。文森特去控制台看了一下，但是现在他又回去研究板子了。他认为，将符号合起来看好过一个个单独看，根据语境来理解含义会比较靠谱。

他认为……你是不是后悔选了他？

你为什么会觉得……

你只是转述他的话，这不像你的风格。通常来说，事情如果成了，你会表扬他人；事情如果黄了，你会揽下责任。所以你这么说，我推测你后悔选了他。

有时候会吧。不要误解我的意思，他真的非常聪明。他能够理解超出他专业范畴的东西。有天晚上，我们聊起太阳系外行星。我发现，他竟然出于兴趣，在空闲时间学习天体物理。要说谁能破译那些符号……

我只是希望他别心灰意冷。他尊重我，我也喜欢他。如果你达不到他的标准，他会有点儿生气。我感觉他对自己的要求更加高。我担心时间拖得越久……不过他能看到卡拉的优点，很不容易，我们大家也觉得松了口气。

我看过他的档案。我相信他比你说的更加反叛。

你看过……他还有档案？

每个月给你理发的发型师也有档案。文森特·库蒂尔是外国人，每天接触最高机密，他当然有档案，而且里面的内容很多很详细。

你也有我发型师的档案？

是的，他真的应该去报税了。至于文森特·库蒂尔，如果你想换掉他……

你误会了。我敢肯定，文森特很想把符号的含义破译出来。我只是不确定这些符号到底能不能破译，或许根本是破译不了的。我担心的是这个。我怕他受到不好的影响。如果一直破译不了，我想他会放弃的。失败感会让他泄气的。

我知道这样说有些不近人情，但现实情况是，破译不了符号，我们就没法让这机器移动。这可是史上最大的科学发现，相比之下，库蒂尔先生对失败做何反应根本不值一提。如果你觉

得他会失败，那你应该立马换掉他。如果你只是担心他会一蹶不振，那么我保证，我们会为库蒂尔先生提供钱，使其能买来一切救治。30 小时的心理咨询费不会超出我们预算的。

只需要给他一点时间。

他有 1 周时间。

TOP SECRET

File NO. 039

实验日志——美军三级准尉卡拉·雷斯尼克

地点：科罗拉多州丹佛市地下设施内

做记录的是我，卡拉·雷斯尼克。今天是9月20日。时间……上午10点25分。富兰克林博士正在实验室里检测我的器官活动。你好，富兰克林博士！我们马上要测试设备内部的控制系统。我们已经把整只左臂连接在躯干上，现在我们要看看我能不能让它移动。我之前还没有上去过。我现在拿着一个凳子上楼去了。

我们真的应该装个电梯。即使还没有装腿，它已经相当高了。这么多的传感器粘在我的头和胸上，我真的很难移动。恐怕要把电线扯掉了。真惨，我还得把凳子搬上去。如果你见到我们共同的朋友，你问问他，在北极是否发现类似外星人的梯子的东西。如果以后还有人听这个录音，一定要记住，进入躯干的舱门距离地面1.37

米。虽然并不是很高，但是你想从里面关上它，或者重新打开它的话，你必须要有 2.5 米高。这个故事告诉我们：千万不要一个人进去，或者带一个凳子进去。还有，别忘了先去一趟厕所。

我距离顶部还有大概 30 步。为什么我会一个人走上楼梯呢？因为我是发现手臂的飞行员，手臂全是我找到的。但这不还没有找到腿么，也许我们可以——你懂的——分配一下任务。瑞恩找到的个头比我这个大一倍，如果让他把凳子扛上来，我想他肯定不会介意的。

我不是在抱怨。我在……攀爬。我上到顶部了。只是……给我 2 分钟，我太喘了……

我正望着这个舱门。这些外星人有着非常……普通的手印。比我的手大一点，但是看着就像某个人的手印。现在我把手放在它上面。我能感觉到周围有点儿颤动。它可能连着里面的另一个舱门。它打开了。

我快走到另一个舱门了。这走道怎么这么狭窄？好了，打开了。等我一下……我要把笨重的凳子丢在地上……好了……这样我就可以进去了。

我进去了。房间里很亮。光线很……舒适，像有壁炉的房间。我刚关上了内舱。我没拿凳子，现在我正朝着控制站顶端前进。萝斯，我知道你觉得它像紧身衣，可要我说，它太厉害了。从洞里拿出来，挂在天花板上，涂成黑色，蝙蝠都会爱的。我现在把手臂伸进去……

我的手指好像放不进手套。动一动，扭一扭……好了，进去了。手套有点儿硬。我正在扣手臂的链子。现在我要……用我的大金属手指把前面给夹上。我想这样子应该没错。我扣上了胸前的大金属链子。

让我看看带着那东西之后能不能动。可以的，手臂和手受到的阻力最小。我的胸移动起来有点困难。我可以弯腰摸我的脚趾，但是我蹲不下来。不松开皮带的话，我的膝盖几乎弯曲不了。我也走不了。要想从地上捡起东西很困难。最后这个不算。我真是笨死了。我的腿不算数。瑞恩可以从另一个控制站蹲下来，不管地面相对我来说在哪儿，我都可以从地上捡起东西。是很奇怪。我知道每个人都很兴奋，但是可能需要一段时间，我们才能明白两个飞行员要做的是什么。

当然我们的问题还不止这些。头盔上没有显示屏之类的东西，因此我们看不到外面。我只能看到金属。而且透过头盔，视线很模糊，所以如果没有显示屏，我什么也看不见。“卢克，使用原力！”可能只能这样了。绝地武士可能就是这样训练的，看你能不能闭着眼睛前进 1 万步。

我觉得在戴上头盔之前，已经没什么可以做的了。它真的很像飞行员戴的头盔，现在我要戴上头盔了。我不知道会不会……

啊啊啊……

TOP SECRET

File NO. 041

富兰克林博士的私人日记

我很生气。我气所有人，也气自己。我早该想到用我不懂的东西做实验有多危险。我太愚蠢了。我们以为腿部控制没有任何问题。这东西不是为人类设计的。谁知道这东西会对我们造成什么伤害？我怎么能在没有医疗队跟着的情况下，让卡拉头戴我一无所知的东西？

她还在医院里。她说，疼痛是那么的剧烈，她一下子完全失去知觉。我们发现她像基督被钉在十字架上一样挂着那里。头盔已经自己关闭了。医护人员花了将近半个小时才进到里面，把她救了出来。她可能已经死了一千次。

当她醒来的时候，她已经完全失明。那天我们差点再度失去她。卡拉就是卡拉，她一醒来就扯掉了输液针管，想要走出房间。她被一个东西绊倒了，撞在一个金属柜上，又陷入了昏迷。医生不得不在她的额头上缝了 8 针。

她脸上的皮肤被烧伤。医生们治疗之后，用绷带缠绕她的头并盖住她的眼睛。她应该这样保持几天。但是不用想也知道，她在几小时后就把它拆了。她说很痒……医生们骂她没心没肺。因为已经在常规检查和清理伤口时领教过她的风格，他们大概还会惊讶她居然现在才拆下来。反正我很惊讶。

当我去医院看她的时候，整个房间都沸腾了。医生们之间争论不休，不断叫来其他医生给她做检查。我问了十几次情况如何，也没有人理会我。最后卡拉对着墙壁砸了一个台灯，医生们才注意到。

医生们告诉她，她的眼睛很好。见她没有喜出望外，医生就向她解释，她的视网膜神奇地被修复了。我刚开始也不信，但是医生们给我们看了之前和之后的照片。不懂医学也能看懂。那个头盔治好了她的眼睛。它大概是检测到眼睛受伤，就把眼睛给治好了。我只能理解为正因为如此才那么疼。

我形容不了心里那种如释重负的感觉。卡拉的状态很好。应该说非常好。这就像一个奇迹。那我为什么要生气？我太高兴了。我冲回实验室，自己戴上头盔。很傻，对吗？什么变化也没有，于是我找来瑞恩，让他试一下。我还叫来每一个实验室助理，让他们挨个试。还是没有反应，于是我们所有人又到另一个控制站去试。如果能找到不少人，为什么要拿一个人的生命来冒险？唉，因为头盔破了。另一个头盔在我们发现它的时候就已经坏了。两个都用不了了。

我在想什么？它治好了她的眼睛？我们只知道，这些外星人可能长着大眼睛；也许像飞虫一样有80只眼睛；也许一只眼睛没有。她可能遭遇一万种结果——头骨分开，毁容，变成异类……大部分可能都会要了她的命。

保证她的人身安全是我的职责。我把她送到那里，而她相信我。她相信我的判断，她相信我不会让她冒险。我一点儿也不像是科学家。我不知道我怎么了。

卡拉明天要做核磁共振，检查脑部有没有损伤。如果我还有点儿脑子，我一定会等卡拉的检查结果出来之后，再派人到那里面去。但是那太迟了，而且得让卡拉进行全方位检查我才安心。我们应该等几个星期，看看随着时间的推移，她是否会出现其他的症状。

我希望她好好的，这是真心话。不只是因为这个项目，如果她有个三长两短，我想我会一辈子良心不安的。我和她已经很熟了。我和团队里所有的人都变得熟络，但是我真的很喜欢卡拉。

喜欢她的不止我一个，尤其是瑞恩。不过瑞恩不说，我们也就假装不知道，但是卡拉心里肯定清楚。我知道，文森特知道。我敢说，现在连机器人都知道了。我希望瑞恩好——谁不希望呢？——但是我希望他对卡拉的爱恋会自然消失。我希望他们不要在一起。我爱卡拉，但是我知道她最后会让瑞恩非常伤心。

据说，他们俩的表现很不错。虽然还是花了一段时间，但是瑞恩学会了给她足够的空间。这一点我必须肯定瑞恩。他们很互补，配合得很好。如果有必要，他们会注视对方一整天。

也就是说，我手头有一个不完整的机器人，它的控制系统坏了；一名陷入热恋的飞行员；以及一名受伤的飞行员。我不知道接下来会怎么样。头盔是个大麻烦，我不知道什么时候才能修好它。原本就不是为我们设计的，所以即便修好了，也无法保证穿戴之后不会有生命危险。

这又让我想到腿部控制。这一回瑞恩的表现真的很糟糕。他的头盔坏了，而且他的腿弯错了方向。我很希望能找到一种方法，对腿部控制进行改造，好让它适应我们的身体构造，但是摆弄它有一个很大的风险，那就是万一给弄坏了，并且永远也修不好的话，我一点办法也没有。在想尽一切办法之前，我不允许任何人拿着喷灯靠近它。

瑞恩觉得他可以背对着控制台来让腿移动。这样的话，他不得不倒着走。这太疯狂了，不过我没有更好的办法，所以不如让他尝试一下。走路并没有人们想得那么简单。我们平时走路是下意识的，如果你刻意去想，它会变得很难。不信你可以先评论一下某个人的走姿，再看他的步子会变得多不自然。走路这件事很复杂，很难分解。

如果瑞恩不能完美操控，机器人便无法保持平衡。它又高又瘦，重心非常高。光看着就很可怕了，我不能想象要是腿一动，它整个身子倒下来会怎么样。很可能会压扁好几个街区。

我找来一些工程师，设计了一个计算机模拟系统。它可以让一个机器人准确模拟飞行员的动作，然后连接腿部控制和另一个控制站。我们可以在电脑屏幕上看到结果，它要考虑重量、速度等好几个因素。但这至少给了我们一些希望。

所以，如果头盔可以安全使用，瑞恩可以倒着走来控制这个金属巨物，那么我们就可以待在控制台里。瑞恩将要背朝着它，所以还得找人来解决这个问题。

当然，现在它还动不了。文森特似乎还在破译符号，我们也没有思路。可能我不够专业，我的想法是，船到桥头自然直。我们不知道操控它到底有多难，可能还得找一个物理学家、一个士兵，或者一个游戏玩家。

我知道我们应该写写日记来减压。真该死，这个建议还是我提出来的。但是我必须说，这个方法现在没有一点儿作用。我认为一切问题最终都会得到解决，然后大功告成。我……我一开始还觉得登月是做梦呢。我在骗谁？这一刻，我觉得我们在地球上是没戏了。

可能早上我的状态好些。不管怎样，我都会起床，回去工作。如果知道这台机器如何运作，就能一步步突破。我们已经知道它可以创造医疗奇迹。谁知道它还能做什么呢？

同时这也让我害怕。如果大功告成，我是否准备好接受这一切？它也许是万能解药，也许是一枚核弹。凭良心说，这是我想要的吗？我多想知道这次旅程会将我们带向何方，但是我不知道。我只知道，它比我重要，比我的自我怀疑重要，比我的良心不安重要。我现在才发觉，与之相比，我是多么的微不足道。为什么想到这些我的感觉就好多了？

File NO. 042

实验日志——美军三级准尉卡拉·雷斯尼克

地点：科罗拉多州丹佛市地下设施内

做记录的是我，卡拉·雷斯尼克。今天是 9 月 22 日。时间……凌晨 3 点，没有人监视我。我可能会因此惹上麻烦，但是还有别的新鲜事吗？富兰克林博士今天来医院看我——好吧，已经是昨天了。我发生这样的事，她显然很自责。我试图告诉她，这不是她的错。我的意思是，又不是说她再等一天我就不用试那玩意儿了。她似乎很绝望。显然，如果我有三长两短，整个项目就会被叫停。我们后面再看吧。

她还告诉我，我摔坏了头盔。我心想，这是真的吗？我什么也没有做！我只是把它戴在头上，因为……它是个头盔？头盔本来就是戴在头上的啊。而且我不相信它坏了。我今天做了核磁共振，虽然结果还没有出来，但是我很肯定这个外星设备没有弄坏我的脑袋，所以我不知道我的脑袋怎么会弄坏它。好吧，这么说不太合理，但是上帝啊，它治好了我的眼睛！医生都办不到的事，它居然办到了！很抱歉，我不认为一台埋了3000年还治好我眼睛的机器会被我的小脑袋弄坏。

我没有其他人那么聪明，但是我认为，之所以那么疼，是因为它修复了我的眼睛。还有一种可能，就是它发现我的大脑与它设想的不同，于是做出了某种适应。无论如何，要是它如此智能，治得好我的眼睛，我敢肯定它不会伤害我。我有一种直觉，当它适应我的大脑时，它可能已经——怎么说来着——适应了我，就像小鸭子适应鸭妈妈那样。如果我想得没错，那么它现在一定认为我是它的妈妈。这就可以解释为什么其他人戴上它之后它没有反应。

我知道这并不能解释为什么另一个头盔没反应，但是就像富兰克林博士常说的，事情要一件一件做。你不能一次解决所有的问题。你看，富兰克林博士，我听进去了。现在我正试图解决一个问题。我知道你想说什么，我连医院都还没出。你和医生叮嘱我说，别乱动，多休息。可问题是，事情会因我而停滞，我不能休息；而且我不想一戴上头盔就担心它会把我弄晕。我只想心安一些，所以等你发现我的举动时，不要太生气。除非等会儿我死了，那样你就可以尽情发怒了。

此外，不要迁怒于医院的工作人员。他们可能以为我去食堂了，因为我告诉他们我打算去食堂。

我走上楼梯了。我想下一次，如果有下一次，我会带两个凳子，一个拿来用，一个狠狠砸下去。我现在很讨厌它。从今天起，我去酒吧再也不坐这样的凳子。

你知道我在做什么，所以我就不给你细说了。蹲下，蹲下。打开内舱……

我进入球体了，现在准备给自己扣上链子。如果说一点儿都不紧张，那是撒谎。1小时前这似乎还是个好主意。算了，这也正常，我想主动约男人出去还会出一把汗呢。

我手里拿着头盔。趁我还没落跑，我现在就把它戴上。很好，小家伙，妈妈在这……

啊啊啊啊！

我靠！头盔摘掉！天啊！这东西到底怎么了？！疼得要死。我眼睛都睁不开了。妈妈生气了！我没晕过去，还在说话，明显没有上次糟糕，但是这东西……

我……

见鬼了。戴着手套感觉不是很明显，但是我觉得前额的伤愈合了。缝针都消失了。

好吧，我一定是疯了，因为我又把头盔戴上了。我想，除了心理问题，应该没有其他伤口了，所以它大概不会再发功了。我想看看，它不治愈伤口时还有什么作用。

…………

哇，太神奇了！……哈哈！我都不知道该说什么了。我一戴上头盔，眼前就亮了，从一片漆黑，到一清二楚。我是说，我什么都能看见，不只是房间里的东西。我能看见金属躯干外面的东西，能看见实验室。

我还能看到球体，周围是液体，但是液体全部变成透明的了。事实上，如果我看向外面，简直像白天一样明亮。如果我看里面，外面的东西就会变暗。它给所有东西上了一层铜色，像一张旧照片。

让我四处看看。太神奇了。我知道我现在很傻，但是我真的不知道该说什么。这……这是什么？

我面前的小圆柱投射出一张全息图，是机器人的缩影——大约30厘米高。好可爱。富兰克林博士，这东西太酷了，这下我知道肢体全部拼合会是什么样子了。太……神奇了。我没有夸张。除了腿怪怪的，她看起来就像一个正常的人类武士。长着人头，而且只长着一个人头。棒极了。我移动我的头，全息图就移动它的头。手臂也是。它在模仿我的每一个动作。我想，等我们能操作另一个控制站时，它的腿也就能动了。

我像个疯子一样甩手，但是机器人的胳膊纹丝不动。这可能是件好事，因为要是它的胳膊真动了，实验室的东西就全毁了。不过，全息图移动起来没有任何问题。

富兰克林博士，我这才想到，要是头盔只能戴在我头上，你可能永远都看不到这一幕了。你看不到我所看到的一切，这太让我难过了。不过你是对的，富兰克林博士！成了！咱们不用再等了。一切正常。你真是太牛了。

不用担心手臂不动。等我们把所有肢体拼合的时候，它或许就动了，就像小时候玩的那种老式圣诞灯，少一个小灯泡，就都不亮。

我想试试另一个控制站。是的我知道，我只能控制一个，不能分身。但我还是想试试，行吗……

TOP SECRET

File NO. 047

采访研究生文森特·库蒂尔

地点：科罗拉多州丹佛市地下设施内

富兰克林博士说你取得了突破。

是的。那些符号根本不是文字！

我不太明白。

我搞不懂它们是什么意思。我越想，越觉得方向错了。

我真听糊涂了。你能说点儿我听得懂的吗？

之前那些人破译不出符号的含义，是因为他们缺乏一个……参照系。他们不认识那些词，不懂它的语法，甚至不知道它是关于什么的。他们需要其他东西辅助。你知道罗塞塔石碑吗？

知道。

嗯，从名字可以知道它是一块岩石。岩石上面刻有 3 种文字。

最上面刻的是古埃及象形文字，一开始谁也看不懂。中间刻的是古埃及的通俗文字。底部刻的是古希腊文字，最后这种我们认识。罗塞塔石碑的奇妙之处在于，3种文字表述的是同一个意思。你知道那些文字说的是什么吗？

这个，我不知道。

是一条法令。法令，是这么说吧？

嗯。

大意就是，封新的国王为上帝。因为古希腊语是一种已知的语言，所以由它开始，通过看重复的部分，就能识别出象形文字的关键要素。人们参考着希腊文字，便能推测出古埃及象形文字的意思。

但是那块板子与罗塞塔石碑不同。

也许一样呢。按理说，没有参照，我们是没有办法破译的。不管是谁刻下的符号，这一点他们一定清楚。按照富兰克林博士的说法，他们应该是有意为之。于是我假设，这就是一块罗塞塔石碑。或许上面刻的不是几种文字，而是一把解决其他问题的钥匙。反正肯定与大家所共有的某些东西有关。然后我想到了。不是语言文字，是数学运算！

我们或许不如他们聪明、先进，理解不了对他们而言很简单的东西。但是有一样东西我们绝对都会，那就是数学运算。我们都需要计数，我想他们选的一定是最便于我们理解的东西，但是又要确保我们能从中获取许多有用的信息。

板子上有7个弯曲的符号，每个符号中间都有一个点。这些符号都出现在了控制台上。你挨个数，正好是1到7。这也太明显了，一想到之前竟然没发现，我就来气。

所以墙上的符号是一串数字？

更像是一些等式。有好些个，足以让我们理解其他符号，也就是直线符号的意思。

比如这个。从 2 开始……啊！不好意思，我忘记告诉你要从右往左看了……从右边第一个数字 2 开始，然后是一个不认识的符号，然后又是 2，然后又是一个不认识的符号，然后是 4。现在来填空，2__2__4。

2+2=4？

没错。现在你知道加号和等号各是什么符号了。最后那里我不确定，或许稍有不同，大概就是结果的意思。

等等，也有可能是 2X2=4。你如何确定那不是乘号？

有那么多行，我们完全可以通过其他的符号来验证啊。如果是乘号，$3\times2=5$，就不对。

左边那条线是什么意思？你刚才没有讲。和其他的一样，都是符号吗？

肯定是个符号。我正准备讲。除了那头小方框里的两个式子，垂线符号在每个式子的末尾都出现了。所以，看小方框里的两个式子时，才需要看垂线符号。如果我理解得没错——对此我很有信心——这两处应该是 2+1=1，$4\times3=10$。

但是不对啊……

正是如此。这就表明，垂线前面的式子是对的，方框里的式子是错的。这两个符号可能是最为关键的。我们现在知道了代表

"真"和"假"的符号，然而，这些符号的意义可能不仅限于数学运算。你如果看了我的笔记就会知道，这两个符号并排出现在控制台上。"真"和"假"对引领航程没有多大帮助，但是他们很可能用相同的几个符号来表达相似的意思，就像"是"和"非"，"走"和"停"……瑞恩认为很有可能是"继续"和"取消"的意思。

米切尔先生？我不知道你还会与富兰克林博士以外的人沟通。

我们4个人住在一个地方。我自己有个区域，就是他们安置板子的地方，但是——怎么说呢？我感到无聊了……于是我时不时会去串串门。我们一起出去喝过几次东西。其实是他们自己去过几次，觉得不叫我不好，问我要不要一起去。因为我向萝斯汇报，我俩已经很熟了，但是我喜欢和瑞恩、卡拉一起出去。瑞恩人不错。他有的时候太美国队长了，但是你会越来越喜欢他。

我喜欢卡拉。和我们在一起的时候，她话不多。从外表看，我也不觉得她是个喜欢倾诉的人。我不知道是为什么。但是她的情绪似乎调整得很好。可能只是表面上如此，要真是这样，我得说她表现得很不错。不管怎样，我们相处得很好。我们有着同样的幽默。都有点儿冷……

冷幽默。

嗯，可能太过了。瑞恩说我们那是刻薄。

那么……我复述一下，如果说错了，请你指出来。你刚才说，板子是找出建造者的关键，通过数字运算。你破解了符号的含义，它们代表数字1到7，以及"加""乘""等于""真""假"。

远不止这些。式子里还有代表减和除的符号。更重要的是，我们已经知道了他们所有的数字，如果我想的没错。你会猜测，是不是一些式子的计算结果大于7。可是，他们似乎是八进制。他们只有7个数字，外加小数点。你知道八进制是怎么回事吗？

给我说说？

很容易理解，不过——对我们来说——很难用。我们是十进制，加上0一共有10个数字。计数的时候，我们一直数到9——1，2，3，4，5，6，7，8，9——然后数字就用完了。于是我们加上一个数字，得到10，一组数字结束，后面没有其他的了。接着再数，11，12，13，以此类推。到19的时候数字又用完了，我们再加上1，得到20，也就是两组数字。

他们的系统也是同样的工作原理，但是他们用到的符号比我们少。他们数到7，然后加上数字1，这个1就相当于我们的0，你也可以把它当成一个占位符。一组8个数结束，后面没有其他的了。然后他们再继续用7个数字：一一，一二，一三，以此类推。记住，一二并不等于一十二，而是等于8加2。加的数字越多，我们就越糊涂。比如2222，其实是等于2加2乘8，加2乘64，加2乘512，也就是1170。

来点儿更好玩的，还记得公式是从右到左的吗？来算算吧。

富兰克林博士告诉我，主机还运行不了，所以我们不知道它的用途。不论如何，八进制是肯定的，瑞恩控制的时候肯定要基于八进制输入数字。我不是说学不会，但是八进制非常难学，读那些数字，你必须做相当复杂的心算。还有，他们的12345是我们的5349。我们的12345是他们的30071。

别别，我看见你脸上的表情了。我没有那么聪明，在你进来之前，我已经算好记下来了。我无法想象在飞行的时候不得不心算。

我听说的可不是这样。他们说你很聪明，是百年一遇的奇才。

很遗憾，那不是真的。

别那么谦虚，库蒂尔先生。

我很多地方受人诟病，但是从来没有人说过我谦虚。我很聪明。我真的很聪明。把我带到一个100人的房间里，我很可能比其中99个都要聪明。但是那说明不了什么。芝加哥大学里的很多人都比我厉害。我遇到过一些高手，听他们说话，就像听天书一样，并不是因为我英语不好，而是因为我缺乏那些领域的技术知识……就像下棋，有些人只能看到眼前，有些人可以看后面好几步。比起那些厉害的棋手，我还差一些。

你自认为是这里最聪明的人吗?

可能是，可能不是。萝斯很有自己的看法。阿莉莎的智商可能比我们俩低些。

阿莉莎是谁?

那位遗传学家。萝斯找她来的，她想弄明白为什么只有卡拉戴上那个头盔，头盔才有反应。她不善于交际，却是个数学天才。如果她在的话，可能早就看懂板子上的符号了。我不知道你这么问是什么用意，你是认为，我自认为比你聪明吗?

是这样吗?

当然。我不是说你不聪明，可要是我回答“不”，那就是在骗你了。

好吧。以我的经验，智力超群的人往往经受不了挫折。你是否想过，有一天你会失败?

我想你是在问，我是否有过自我怀疑。我没有。不过，搞不定的可能性也是有的，这一点我清楚，萝斯也知道。不必庸人自扰。

什么意思?

你以后就知道了。我很惊讶，我们居然聊到了这么远。如果我们能操控下肢，如果飞行员能移动她而不损坏，如果我们知道如何使用控制台，那么我们或许可以利用她。当然，还有一个条件，那就是找全肢体——这可是个很大的星球。另外还有一种可能，那就是即便找全了肢体，她还是动不了。你知道，她可能会损坏。然后……

像蛋头先生一样，摔一下，便无法复原。我觉得最后的结果会是这样。我的意思是，这些东西可是埋在地里的。为什么埋在地里，因为结果可能不像我们想的那么浪漫……

TOP SECRET

File NO. 092

采访美军二级准尉瑞恩·米切尔

地点：华盛顿州刘易斯-麦科德联合基地

什么事也没有。

我听到的可不是这样。

你听到……我不理解。你怎么能……

米切尔先生，在这个项目当中，我们每个人都有特定的职能。富兰克林博士负责这项任务与科学有关的所有东西。你是一位飞行员，而我要了解项目的进展。

你想让我说什么？

我的问题很简单，发生了什么事？

我们接了一次吻……

米切尔先生，请你说的时候别把我当白痴，这样对你对我，尤其是对你，更有好处。

好吧，不止接吻，但是这很严重吗，又不是叛国。我想军方没有什么可担心的。

你老是忘记，我不属于军方，也不管他们的行为准则是什么。我也不希望看到你们被送上军事法庭。然而，我问得有点儿烦了。快点告诉我发生了什么事。

好吧。我们已经来这儿5个月了，全职工作，周围也没有其他人。一段时间之后，我们要么互相憎恨，要么变得更亲近，不会有其他可能。我们每天相处12小时，在球体里。1周6到7天。细节说了好像也没有意义，反正没过多久，我就开始在工作之外的12个小时想她。

但卡拉就是卡拉。每次我试图接近她，她都会躲开，然后冷我3天。同在一个房间，我会尽量不去打扰她。一语不发，把话咽进肚子里，真的很难。

过了一段时间，我开始受不了她私底下也称呼我“米切尔准尉”。你一定会感到惊讶，有那么多东西会触动她的心弦。我还是不知道她经历过什么，但是显然与家庭、孩子、亲密关系有关的事情都会令她发疯。我是说，我真的试过了，但是一提起猫就会紧张的人，肯定有严重的情绪问题。

几周过去了。我一直闭口不言，一心想让巨型女孩动起来。我们试了几次，但是每一次都以计算机模型被她的脸压扁收场。起初经常发生这样的事情，我们不得不提醒自己，要是出了基地，她压扁的就是好几排房屋了。结果呢，就算我让腿部正确移动，卡拉还得同步移动她的手臂和躯干，巨型女孩才能保持平衡。想让巨型女孩调转方向就更加复杂了。

我开始每做一个动作都大喊出来——抬起左膝，腿向前，左脚放下——这样她就能适时地做出调整。大约一个月后，她开始期待我的动作，理解我的肢体语言，比如抬起一条腿前，我会动一动我的肩膀，等等。我也很理解她。我因为要背对控制台，所以整天都在看她。每天从日出看到日落，你便开始觉得好像行走那么简单的事情你也需要她。她注意到，我连自己走路的时候胳膊也会停摆。她说这让我的眼神像终结者……液态人，不是施瓦辛格。

你的意思是，你可以让巨型女孩走起来了？

不，还不行。即便有卡拉帮着掌控平衡，我还缺一条腿的关节。我控制不好她的大腿。她的大腿位于臀部和膝盖之间，很短。我没有那一截，我的腿直接与下面的链子相连。她每前进一步，都得靠我极力上推自己的身体，所以走不了几步，我就没力气了。

不过我们还是有进步的。也许是这一点让卡拉稍微放开了些；也许是因为我们工作的时间更长了。有一天晚上，她约我出去喝一杯。我们不是第一次出去，但是之前她总会叫上富兰克林博士或文森特。我们通常会去 B 门的飞行员休息室。我们航空站的出口靠近安检，所以出去很方便，富兰克林博士可以吸烟。卡拉不怎么抽烟，真的，但是她喜欢喝酒的时候点上一根香烟，主要是盯着它。我们去的那个地方晚上 10 点半就关门了，于是我们又开车去真正的酒吧。就是个普通的酒吧，但是这些日子，任何正常人的去处都会令我们感觉非常特殊。

我不知道是因为紧张还是疲劳，总之我喝醉了。在酒精的刺激下，很兴奋。两杯波本威士忌，一瓶啤酒，他们应该没有苏格兰威士忌。喝到第二轮的时候，我开始说话。一整晚，她基本都在听我说。我还在生她的气，所以我的话说得很过分，我说了些“我不能停止想你，但你是我见过最冷漠的人”。她只是坐在那里，听着我说。当我开始口齿不清时，她把我拖到她的车上，开车送我回家，一句话也没说。

第二天，我恨不得找个地方躲起来。我迫不及待想看她的反应。但是她和往常一样，没有什么特别。我们正常工作。她其实非常友好。之后的几天，她仍旧没有反应。过了有一个礼拜，我推测她心里认定最好假装什么也没有发生。我还是很尴尬，不愿苟同。

1周后，她在路上叫住我，问我是否还想带她出去吃饭。我装作思考了一番之后才答应她。我本打算星期日去接她，但正当我在家里做准备时，她打电话过来，说：“这不是个好主意，我们一起工作……”

我本该感到生气，但是我想到，是她邀请的我，之后又失约，真是好笑。这样的事情后面还发生了一次，不过最后我得手了。一天晚班之后，我在她家门口拦住了她，叫她赶快出来。她没有拒绝。我表面看上去一定很自信。

她说要给我倒杯咖啡，但是我说我在车里等她。我其实应该进去喝杯咖啡的，因为她足足让我在车里等了半个小时。看到她走出来时，我正在调换电台。哇哦！我无比惊艳。要不是她身后的房子，我真有可能认不出是她。她穿着一条紧身红短裙，踩着高跟鞋，她的腿看起来……

更长了？

嗯，我想用别的词来着……而且她还做了头发。我不知道怎么弄的……反正是处理过了。她还化了妆。这整件事非常不像她，但是她看起来美极了。她显然不太自在，没有往常那样大胆。她看起来有点令人诧异……而脆弱。

你喜欢吗？

喜欢她脆弱吗？我不知道，可能吧。

承认并不可耻。

让别人变得渺小，并不会给我带来满足，如果你是想说这个。你知道，我喜欢的是对她产生影响。我不想让她一直那样。她傲慢，她就是那样的人。但是那很特别。

我不知道该怎么跟你说。我满脑子想的全是跟她在一起。你明白我在说什么吗？我每天 12 个小时和她单独在一起，还是觉得不够……我想要更多。就像吸烟上瘾一样，你抽了一整包烟，却还是想抽。

你开始抽烟了？

没，只是打个比方，因为我想不到更好的例子了。我想要一种能触到她的感觉。那一晚我感受到了，感觉真好。

我理解。那一晚怎么样？

我带她去吃了巴西牛排。虽说那一顿饭超支了，但能有她挽着我的胳膊一同走进餐厅，花再多的钱也值了。我们吃得非常尽兴。不知道你喜不喜欢牛排，如果你喜欢牛排，那你一定要找个时间去那家店坐坐。

我喜欢牛排，有机会的话我会去的。你继续说下去。

这次我没有喝多。她也没有。这位女士喜欢红酒。半瓶下肚，她开始说话。她说起母亲是如何否定她的交往对象，不幸的是，母亲次次言中。我依稀记得，她对过往的一句评价让我觉得她结过一次婚。

她没结过婚，这一点我可以肯定。

可能我误会了。她言辞中透着痛苦。

晚饭之后，我开车送她回家。当我准备下车去为她开门，她抓住了我的手臂。她解开自己身上的安全带，坐到我的腿上。接着，我的座椅放了下来，我的衣服也不在我身上了。

听起来不只是接了一个吻。

也许吧。可是只有那个吻，让我感觉她真的跟我在一起。后来那些，我觉得是否是我根本不重要。冷漠、愤怒的性爱，你懂的。感觉就像她在报复谁。我知道这么说很蠢，但是我很嫉妒那个人。那一刻，他显然比我要重要。不管怎样，她很快就结束了。然后她从车里出来，一句话也没有说。就是这样，我说完了。这是 1 周以前的事情，自那之后，我们还没有聊起过。

你想聊吗?

我想知道她是怎么想的。如果只是酒后乱性，我想我知道应该怎么办。但我觉得她应该接受一些关心她的人的帮助。我知道，我不是什么绝世好男人，但是我的帮助对她有好处。

我不想妄言，但我想给你个建议：雷斯尼克女士需要的东西

有很多，但是恕我愚见，她并不需要所谓“关心她的人”。

我知道。我懂，相信我，我懂。猫和老鼠，或者说，鸡和蛋？她退却，是因为我靠得太近；而我靠得太近，是因为我感觉她想逃跑。

猫和老鼠，是一种爱的追逐。鸡和蛋，是一种因果困境。后者更符合你想表达的意思。

我就是这个意思。

我明白，不过鸡和蛋用在这里不太对。你所描述的情形确实会通过反馈机制而自我强化。然而，鸡和蛋说的是不知道先有鸡还是先有蛋。你们这件事，起因是可以确定的。

你是说我吗？

是的。等她心甘情愿来找你。

TOP SECRET

File NO. 093

任务报告——大获全胜

美军军士长、运输专家迪伦·罗德里格兹

任务成功。友军无一伤亡。

我们将大本营设在哈萨克斯坦的塞米伊附近一处俄罗斯弃用的空军基地。从图瓦有所斩获那天算起，我们的无人机已经在西伯利亚以东搜寻了3天。突然，在一个叫锡济姆的地方，我们又发现了一个大坑。那是个无人区，群山环抱，旁边是卡赫姆河。真的是了无人烟，所以好消息是，在其他人到来之前，我方拥有充足的时间。而坏消息是，运输会变得更加困难。

我们直升机上带了两个哈萨克人，准备把他们放在克孜勒。他们说尽量在那儿给我们找一辆够大的卡车，如果找不到，他们知道阿巴坎的一个地方肯定有。也就是说，稳妥起见，我们得再等上5

个小时。我们夜间起飞，将他们放下之后便朝锡济姆飞去。我们正在靠近大坑。它周围有亮光闪烁。我们这才反应过来，有人正在对我们开火。

直升机将我们放在1.6公里以外的地方，让我们步行前进。我们一直等到天亮，想看看是怎么回事。结果发现，肢体毁了一片罂粟地。一些农民绕着田地在跑，有的人端着AK-47步枪。比起破坏种植物的东西，他们似乎更关心那些种植物。

运输车还有6个小时才能赶到，于是奥提兹中士决定与图瓦人接触一下。随行人中没有哈萨克人，但是奥提兹会说一点俄语。我想他们可能认出了我们的枪，或者因为听到奥提兹的口音，反正几分钟后，他们放下了枪。我们能听懂他们所说的一个词："美国佬！"我不知道图瓦人对美国人怎么看，但很明显，他们很高兴我们不是俄罗斯人。

一位图瓦人回到村子里去找帮手。他带来了好些大块头。加上我们这边7个人，就有40个壮汉了。他们帮我们把肢体挖了出来，并捆上绳子，这大概花了1个小时。然后我们坐了下来，一起等待卡车的到来。就在这个时候，俄罗斯人出现了。那是一辆小卡车，里面坐了两个男的。非要我猜的话，我猜他们是贩卖罂粟的，准备下车来收买一些。反正我们快速躲到了肢体后面。俄罗斯人下了车，开始大叫。一位图瓦人笑着走过去，然后拔出手枪，崩了他们。

20分钟后，哈萨克人开着卡车赶到了。我们花了90分钟把肢体装上，然后又花了90分钟掩埋俄罗斯人的尸体、处理他们的卡车。哈萨克人告诉我们，去哈卡斯的路上有几处关卡，于是我们决定向南走 M54 大道，然后把肢体从蒙古空运出去。我们在边界和联络人碰头，并驾驶 C-17 飞到阿富汗。

报告完毕。

TOP SECRET

File NO. 094

采访国家安全事务助理罗伯特·伍德哈尔

地点：华盛顿特区白宫

这和修理旧车可不一样，罗伯特。他们早晚要做的。

我希望你是对的。你肯定不希望做一个“为一个大破烂而发动第三次世界大战的白痴”，并遗臭万年。

你就喜欢找事。

并不是这样。目前为止你做得很好，一个人成功地挑起了冷战。

我是如何一个人完成的?

你的无人机刚刚在一个叫图瓦的地方发现了一只巨手。

我知道。

你是知道无人机发现了巨手，还是知道那个地方叫图瓦?

图瓦是西伯利亚南部的一个小共和国。手的事情我也知道。

我不知道的是，你原来已经知道了。

你在进行的项目，用的可是我们的部队。发生了国际事件，他们自然要向我们报告。不错，你还知道图瓦。我得查一查。

请原谅我的不解，你为何如此悲观？不管怎样，项目取得了成功。我方未损失一兵一卒就找到了巨手，而且按常理来说，图瓦人什么都不会对俄罗斯人说的。现在还有什么问题呢？

问题就在这里。实际上，图瓦人什么也不用说，因为俄罗斯人已经知道了。

俄罗斯人知道什么？

什么都知道，而且知道得非常详细。俄罗斯大使今天上午给我讲了一遍。他的声音就像罗德里格兹警官一样，只不过口音不同。巨手出现的时候，他们的一架飞机就在附近，并且坠毁在了巨手以北几公里的地方。你们的人到达之时，他们的卫星已经记录1小时了。他甚至还给我看了视频。从视频里看两名俄罗斯官员中弹要逼真得多。

我猜他们不太高兴。

事情比这更加严重。我甚至乱了手脚。蒙古很生气，因为我们把他们牵扯了进来。他们跟着你们的卡车，一路到了蒙古边界。俄罗斯要求正式道歉，但是我们坚称与此事无关，显然不会给他们一个满意的结果。他们还有卫星照片，所以他们看得很清楚。那个东西的样子就是一只手，不像前臂或者小腿，你很难像在土耳其那样编一个故事出来骗人。

你知道，他们正在逼问所有他们能抓到的图瓦人。所以，他们现在知道的比之前还要多。我们之所以雇佣当地士兵来做掩护，是有原因的，这叫“合理推诿”。你把一堆扛着 M16 步枪的波多黎各人送到西伯利亚执行任务，怎么可能不被人发现。

时间有限，我们不可能在每个地方组建新的队伍。而且，雇佣当地士兵存在很大的风险。他们拿钱卖命，很容易被收买。

反正现在俄罗斯人以为我们发现了一座古寺，这倒还好，但你让我如何解释美军参与掠夺古文物的事？

你不用解释。

你说什么？

不承认，就不用解释。但你得告诉他们点儿东西。

你有什么想法？

随便告诉他们一些东西。只要比那只巨手劲爆就行，一点儿也不困难。摧毁一个导弹基地之类的。他们八成会感谢你把巡逻兵赶出波兰呢。这件事，他们可能会在你面前反复提几次，但是只要你给他们一个台阶下，局面就一定不会糟到我们控制不了。

我不认为总统愿意在东欧面前弱化自己，好让你继续玩你的小游戏。

你我心里都清楚，这只不过是一些让弱小国家感觉良好的小计谋。给俄罗斯一点儿政治上的噱头，让他们获胜，这样大家就都高兴了。

为了我们的共同利益，还是祈祷一下肢体之后出现在法国或者澳大利亚，反正别再出现在说俄语的地方了。

我今早还和总统聊来着。他想知道，等你们找全了机器人之后想干些什么。一般来说，都是想从中获取先进的技术。目前来看，你们还修复不了她，更不要说开发利用她了。如果你们无法开发利用，那我们费尽心思为她编这么多故事有什么意义？如果利用她，那么其他国家又会发问，而且，一直藏在地下室里有什么意义？

那就让她见光，让她在宪法大道上游街。让大家猜测，她能做些什么。如果你想要更大的威慑力，那么可以挑起一场战争，然后消灭对方。富兰克林博士告诉我，常规武器根本伤不了她。我相信，凭她的实力，足以将伊拉克人赶出科威特。你难道不想看到这一幕？你心里清楚，为了这一幕，就算与俄罗斯争上两句也无妨。

可能吧。我还是不相信机器人有你说的那么厉害。今天你既然来了，就别老说机器人，给我讲讲你的手下吧。

我们……

嗯？

为什么这么问？

就问问。

没这么简单，你是不是有事瞒着我？

好吧我说，我收到了你们团队成员的一封信。是一个叫阿莉莎的人写的。

帕潘托尼乌女士。她是一位遗传学家。

好吧，帕珀尼乌女士。

是帕潘托尼乌……

随便啦。她觉得事关重大，无法信任你们的飞行员。她说你们的飞行员太捉摸不定了。

她就说了这些？

还有别的。她说研究这位飞行员是当务之急，但是富兰克林博士不会给她所需的资源。她还说，你也会袖手旁观。

那你是怎么想的？

我觉得，看起来你的一个手下叛变了，这让我非常担心。

我最烦这种事。不过，要是你认为有必要，优先次序我可以交给你来定夺。机器人我们还没有找全。我们找到的肢体还不能移动。找全之后，我们便会知道她能动或不能动。目前控制头盔中的一个谁戴都不起作用。那个头盔位于控制站，控制站是专为不同于我们生理构造的生物设计的，我们也无法操控。我们现在只有一个有反应的头盔，一个可以使用的控制站，和一个能操控头盔和控制站的飞行员。所以，罗伯特，我们应该把主要精力放在哪儿呢？请你做出明智的选择。

嘿，这是你的事情。我只是说，你应该好好管管你的人。但话说回来，就算这件事我们现在不解决……那个叫阿莉莎的，她说的不无道理。等你们的飞行员老了，我们怎么办？她下周是不会被车撞死，但谁能保证她一觉醒来，不会决定撒手不干？如果她觉得这件事违背了自己的价值观，如果她怀孕了，不想再冒生命危险，那我们要怎么办？

相信我，她不会的。团队的任何一个人都不会。给他们金山银山，他们也不愿放弃，更不要说军纪如山了。我保证，近几年这样的事情肯定不会发生，哪怕真的发生，我们也会找到替补人选。可能她的孩子也有操控能力。

你打算繁衍飞行员？我还是别把你的这个计划告诉总统了。

我没想那样，但是有何不可？繁衍他们。克隆他们。帕潘托尼乌女士肯定不会反对。谁知道20年后我们能做些什么？不论如何，到时候总统已经换人了，做决定的肯定不是他。我觉得等你我都死了，这个机器人还会是十分先进的武器。

我没有你那么乐观。对我来说，这整件事太吓人了。我总觉得她会毁在我们手里。

你喜欢超级英雄吗？

我不知道。超人。不，浩克。

OK，现在想象一下——他不叫浩克的时候，叫什么名字？

我怎么会知道？我又不是小孩儿！等等……丽莎，那个生气了会变成浩克的人叫什么名字？……她不知道……那超人呢？……超人叫克拉克·肯特……谢谢你，丽莎。

想象一下——卡拉卡·肯特某天走进你的办公室，提出要为捍卫美国效力。你获得了一个机会，去招收一群坚不可摧的超能战士，他们的飞行速度比超音速战斗机还快。你会拒绝吗，就因为……

肯特。

就因为肯特先生以后可能会生病？

就这样？你就是这样想的？我跟你这么说吧：如果肯特先生准备入侵那么多国家找寻肢体，我一定会好好考虑他的提议的。

TOP SECRET

File NO. 118

采访美军三级准尉卡拉·雷斯尼克

地点：科罗拉多州丹佛市地下设施内

是的，我跟他上床了！现在你满意了吗？

我说的不是他。

那你说的是谁？监狱里那个，还是医院里那个？两个人都发生了关系，你选一个吧。我随便跟人上床。我就是这样的人。

不用这么刺。我没有指责你。我只是想了解事情的经过。

你没有指责我？我松了一口气！你就直接说吧。这不是看法相同相左的问题。我知道错全在我。相信我，我知道。

你先说说和米切尔先生是怎么回事吧。

我不知道要跟你说些什么。我们一起度过了很多时光。他很友善。我对友善的男人没有抵抗力。每次遇到男人问题，我都会选错。瑞恩，他……是个好人。他让我选择我爱的人，而我还是选错了。

我是说，我不该这样。我知道这样不会有好结果。只是……他深深吸引了我。我沦陷了，我希望第二天醒来，一切痛苦就会消失，而我也不会再怀疑自己。但是第二天，我的感觉完全一样。无论他多么友善，你都不可能因为和他在车里过了一夜而抹掉你一生所犯的错误。我尽力了。我发誓。

你们在车里做爱，之后还见过面吗？

我们没有在车里做爱。我勾引他来着。我喝了太多的酒。我在……

破罐子破摔？

其实我想说的是"做自己"，不过你这么说也行。最糟糕的是，他知道了。我本来希望他不知道，但是他知道了。我觉得糟透了。没错，我们之后又见了好几次。我想，他见过我最糟的样子，还对我不离不弃，我能做的只有给他一个机会。我的意思是，人都是这样的，对吧？遇到一个英俊男子，他不对自己评头论足，还像对待公主一样爱护自己。除了觉得自己幸运至极，怎么可能忍心让他走呢？不就是这样子吗？

我很想给你一些好的建议，但不巧的是我并不是情爱高手。虽然你在亲密关系当中很失败，但在这间房里你是专家。米切尔先生身上有你讨厌的地方吗？

没有！压根儿没有！他在我眼里是完美的。他有时有点儿粘人，但总的来说是非常好的伴侣。我喜欢他注视我的样子。我喜欢看他眼眸里映出的我。我受不了的可能是自己。我讨厌的可能是我对他产生的影响，他见到我会失控。

你希望他对你少一些关注？

我……每天只有我和他在球体里，就卧室那么大的空间。他没有其他人可以关注。我说不清楚。我……我希望别每件事都和我有关。但真的这样，我八成又会觉得他疏远了我。我可能有病。

你们又一起过夜了吗？

这真的重要吗？我想去爱他。内心深处我知道这不可能，但是我还在尝试。我一直在尝试。然后，不可思议的事情发生了。

什么意思？

世界末日。星辰陨落。

大部分时间只有我和米切尔在球体里，但时不时会有人来一下。技术人员会来检查仪器。富兰克林博士有时会爬进来打个招呼。见到他们，我们总是很高兴。文森特来的次数最多。他每天都会来几次，来看控制台。我们通常会停下来，聊几句。

你们聊些什么？

什么都聊，工作、体育、天气。有一天他带我们参观了数字符号。他告诉过你那些数字怎么看吗？太奇妙了。我非常感兴趣。那天时间有点晚了。我们都很累，于是就开始开玩笑，并给文森特示范是怎么操控的。瑞恩与机器人一起月球漫步。我在站里跳迪斯科。然后一起看电脑屏幕上我们的样子。我们很开心，头盔就立在一边。我们放声大笑，都没有注意他什么时候到了头盔旁边。

你说谁？库蒂尔先生？

是的，他戴上了头盔。然后他跪下大叫。一切都是慢动作。我们就站在那里。瑞恩看着我，我们都知道发生了什么。我们知道，一切都变了。我们解开链子——感觉好像“永恒”那么久——然后扶他起来，走出球体。富兰克林博士一直问我们：发生了什么？发生了什么？我们都无言以对。

发生了什么？

瑞恩出局了。这就是结果。他所有的付出，一切的心血，都白费了。我见过有人战死沙场，但我从未见过有人一瞬间失去一切，并且还要接受现实。那一刻我想张开双手抱住瑞恩，告诉他一切都会好起来，但我们不得不照顾好文森特。

你觉得为什么只有文森特戴上头盔，头盔才有反应？

天哪，我怎么知道。DNA。脑部构造。宿命。宇宙太无常了。

他卧床休息了几天。实际上他很听话，一直没有拆掉绷带。当他回来的时候，控制站果然激活了。控制台也亮了。富兰克林博士无法掩饰内心的激动。有谁会说她呢？这一刻她等了太久，失控也是正常的。

头盔激活之后，我可以从全息图上看到自己的腿部动作。在控制台上还有一个小的全息图，与我的那个一样。文森特也碰到了瑞恩之前的问题，腿和控制器不匹配，所以全息图没有太大帮助。他不得不像瑞恩一样背过去。他没法操控腿。唯有一点不同，那就是文森特没有瑞恩强壮。不得不说，我们又回到了起点。

文森特必须从头学起。对他来说，从我的全息图上看腿部如何移动有一些帮助，但我们还是得挨个教所有的动作。感觉……

很沮丧。

你说得没错。我和瑞恩花了近半年时间才掌握了窍门。每隔5分钟，就有人呼吸困难，我们就得全部再来。

从头至尾，瑞恩表现得非常……绅士。他手把手、一遍遍地教文森特每一个动作。文森特也表现出了最积极的态度，因为……他知道自己要接替瑞恩，而且瑞恩的教导每天都在提醒着他。他也知道自己拖慢了我们的进度。他很用功训练，每天晚上我们离开之后他还在举重，但是经年累月的军事训练不是几周就能够补上的。

瑞恩让他们又建了一个腿部控制器。3个月来，他带着文森特，逐个动作地示范。慢慢地，文森特开窍了，一开始他只能走一两步，后来能走1分钟了。瑞恩过不多久就会去鼓励文森特，顺便指出文森特出现的一些小错误。我能感觉到，瑞恩开始觉得自己没用了。于是我对文森特越来越严厉，尽力让他出丑，这样瑞恩就可以有一些事情忙活。

但那还不是故事的全部。文森特和我天生很合拍。我们总是能让对方大笑不止。在球体里工作会让人改变。瑞恩身材超棒，就像内衣模特，但是文森特和我会来电。没过多久，瑞恩开始觉得自己像个局外人。看他那样，我很难受。他失去了一生当中最热爱的工作，同时也失去了我。他眼睁睁看着我和文森特变得亲近。更糟的是，他还被要求参与其中。

不论依据何种标准，文森特都不算好人。他不邪恶，但是他很自我。他自尊心太强，对人不太友善。他甚至说过，他不喜欢与人接触。他是个天才，但是他很差劲。我知道，因为我被他吸引，而且这明显会相互影响。一段时间之后，你不能再放任房间里的暧昧。也许是因为我们都知道，绝对不该这样做；也许有瑞恩在房间里，这更成了一种禁忌。我只能告诉你，暧昧就在空气里，我只能尽力去无视。有几次，我甚至把瑞恩支了出去。他不跟我睡，他受不了我可能是在可怜他。

是可怜他吗？

瑞恩开始提早下班。后来富兰克林博士给他在实验室找了些事，想让他心安。我觉得他不能忍受与我共处一室了。我开始讨厌他轻易放弃，虽然我不想这样说，这非常不好，我知道，但是我想我们不会有未来了；可另一方面，我又希望他去争取，争取工作，争取我，争取每一件事。

有天晚上，文森特和我工作到很晚。瑞恩早早走了，后来又传来富兰克林博士关门离开的声音。我们沉默了一会儿，顺其自然。然后文森特从站里出来，爬到我的边上。他微笑着，在我面前缓缓移动。我链子还在身上，手臂伸在控制服外。他解开我的皮带，脱掉我的裤子，将我的腿盘在他的腰上。他什么也没说，从头到尾只是盯着我。有些……算了，没什么。

我们锁上了身后的实验室，然后走出大楼。我跟着文森特来到外面。突然，不知哪里亮起 2 盏明灯，刺眼得很。文森特用力把我往回推的时候，我还闭着眼睛。我狠狠地摔在地上，头撞到台阶。一声巨响，震惊了整栋楼。当我出去看是怎么回事，我看到瑞恩坐在卡车里，双手握着方向盘。车头撞进水泥墙 3 厘米那么深。文森特躺在引擎盖上，腿在墙里。

Part 3
寻找头部

File NO. 120

采访国防部文职情报人员系统高级情报顾问文森特·库蒂尔

地点：纽约市专科医院

我记得我和父亲去动物园。在我五六岁的时候。从蒙特利尔开过去要一个小时，而我的爸爸不喜欢开车。他也不喜欢嘈杂的人群。但他还是答应带我去了。冬至以来我不停地软磨硬泡，才让妈妈终于说服了爸爸。我是如此兴奋。有狮子吗？有斑马吗？我问个不停。“我不知道，孩子，等会儿去了才知道。”

我们在一个晴朗的周日早上启程。父亲还给了我一个礼物。那是一个木制魔方。我记得当时觉得它好可爱。当然，我父亲是想让我打乱了之后，在去动物园的路上重新拼好。“你有一个小时时间，”他说，“应该足够了。”其实不够。当我看到动物园大大的标牌时，我还没有拼好。当然，我立刻把魔方放回了盒子，开始叫标牌上每一种动物的名字。看啊爸爸，斑马！而爸爸说："很好！拼好魔方，我们就去。"我说我不想拼了，但是他提醒我，我们家的人要有始有终。

我拼了两个小时，期间他读了一本书。我几乎就要拼好了，但是最后总差那么一两个。我知道肯定是哪个地方出错了，但弄了那么久，我都不记得是什么问题了。我一直拼啊拼。到了中午，无奈变成了绝望。我开始哭。父亲没有理我，继续看自己的书。我就是想不出来。我颤抖着，疯狂地扭着魔方。下午 2 点，我只剩下歇斯底里。父亲收起书，然后发动汽车，径直回家。

那天我们再没有说话。晚上，妈妈为我盖好被子之后，父亲走进我的房间，告诉我，今天我上了宝贵的一课，这一课比看一些关在笼子里的动物有价值得多。

你从中学到了什么？

他的意思应该是，情绪会影响人的判断，如果我不是那么心急，肯定能拼好。

你小时候就这么聪明了。5 岁孩子很难理解到这层意思。

喔，这是我现在的领悟。那个时候我哪里懂他的意思。我一心只想看斑马。我父亲是位哲学家。是真的，他是哲学教授。我小的时候很崇拜他，等我长大一些，父子俩才开始不合。

你母亲是做什么的？

她也是位老师，不过是在遇到我父亲之前。后来她生了我，便辞职了。她是个非常聪明的女人，但是她的心比什么都大。她希望我锻炼身体，希望我和同龄人玩耍，但我爸爸认为那都是浪费时间。他说我天生聪明过人，如果不好好利用，就浪费了。他觉得以我的智商，扔个球根本不用学。

我妈妈坚持己见，但是我告诉她我不想去。我爱我的爸爸。我尽我所能，博取他的欢心。这一定惹怒了妈妈。最终她离开了我们。我们的心都碎了。其实也没什么好惊讶。任何一个正常女人都受不了那样自负的丈夫。她八成只是遇到了一个还凑合的人，时不时地关心她一下。我知道她不是因为我才离开的，但是我觉得，要不是我和父亲都那样忽视她，她是不会走的。我一心讨好父亲，她一定觉得自己像空气。她不是一个愤世嫉俗的女人，完全不是。这也许让她难过，但是你知道，我父亲永远也无法释怀。

哦？

我一生致力于成为最聪明的人。我父亲总是说，有一天我定会与众不同。大多数人其实没有目标，反正没有志向，他们只顾眼前。他们对自己的家庭来说举足轻重，但也就仅限于此。工作上没有谁不可替代，友谊来了又走，不会长久。

我有幸加入一个伟大的事业，并不是因为我有多博学，多聪明。只有一样东西令我与众不同，使我真的成为有用之人，那就是我的腿。现在我快要失去它们了。

你为什么觉得就快要失去自己的双腿？

医生前脚刚走，你就来了。他说已经没有别的办法，只能截肢。双腿截肢。

你听到这个消息还挺淡定。似乎已经接受现实了？我只是讲出我的感觉，你别怪我不近人情。

我大部分时间都是坐着思考，真的。那是我所擅长的：坐着，思考。我想，只要还能……我向来对自己的肉体关注不多。不好好吃饭，不运动。我相信以后我会怀念走路的。走路挺好的。

这就是你全部的感受?

你想让我说什么呢？生活是不公的，我不该遭此劫难。在宏伟计划面前，我认为我的感受不那么重要。如果你找不到人顶替我，那大家就都白忙了。我就不该戴上那个头盔。

自责是正常的。不满也是可以理解的。

失去这些，我很心痛，如果这就是你想听到的话。我想说，换了谁会不难受呢？不知怎的，我老是想起那位火箭发射前3天被换掉的宇航员，而他是什么问题来着，疑似感染？

嗯，风疹。你说的是肯·马丁利。

就是他。我老记不住他的名字。我想他一定气死了。很抱歉，我可能没有你想象的绝望。老实说，我看见那辆卡车驶来的时候，就知道一切都结束了。一切变……暗了。对了，卡拉怎么样了？她肯定很震惊。

她还好。她很自责，但是她会没事的。她本来要过来，不过……

不，她不会来的。

也许吧，但是她真的对你心怀感激，你救了她的命。她让我告诉你，赶快好起来，然后回家。

瑞恩呢?

没什么可说的。他从头到尾不愿讲话，现在被控制在卡森

堡[1]。你不用怕，库蒂尔先生。他会为他的恶行付出代价。

那有什么用呢？我不想报复他。我无法想象他现在的感受。

爱使人疯狂。

不。爱让你酩酊大醉，捶墙顿足。那个人失去了他在乎的一切，一切。是我造成的。我无意为之，但是我让他的世界天翻地覆。结果，可能就不再是美国队长了。我以前也不觉得他是美国队长……抱歉，我不是笑这个。

你在笑米切尔先生失去理智？

不，我笑的是，坐在我病床前的不是我的家人、朋友——其实我也没有朋友——不是卡拉，不是萝斯，而是你，好好先生。感觉就像昏迷后醒来，看到百货商店的收银员站在你的床前。

没关系。

我猜这就是人们说的要与人为善。没人为魁北克自恋鬼掉一滴眼泪。

我想倒不会有几百号人来排队看你。但是老实说，大家并不知道你在这里。

你看，我理解你不想说你的名字，但是方便起见，你可以编一个啊。比如说叫查理先生，多帅气的名字。算了，我还是别起了，“名字有什么关系？”他说。

“罗密欧如果改个名字，还是一样的可爱，一样的完美无缺。”

你还知道这个！你之前学过吗？我看你不像文科生啊。

[1] 即巴茨陆军机场。——译者注

学的英国文学。优秀毕业生。

哦！赶紧说说！

我不想说。你不觉得自己太特殊了吗，总统都没这么了解我。你听说了吗，我们现在只缺 3 块肢体了。我们在中国找到 2 块小腿，它们相距 16 公里。剩下的也应该快找到了。80% 的地方都已经找过了。

干得不错。希望它们都在陆地上。

什么意思？

地球上 70% 是海洋。如果你们排查完所有的陆地之后还没有找到，就得去水里找了。

富兰克林博士认为……

我知道她怎么说的。她觉得建造者迫切希望我们找到这些东西。但是你有没有发现，肢体出现的地方千奇百怪？我们在美国境内找到了近一半的肢体。你知道 3000 年以前美国这片土地上有什么吗？啥也没有。同样，北极也不好开展搜寻工作。

要不是还算了解你，我会觉得你是个悲观主义者，库蒂尔先生。这个担心留给我们吧，你把主要精力放在重新站起来上面。

真好笑，一个小时之后，我的双腿都要没了。我只需要学会用轮椅，那又不难。我见过很蠢的人都会用轮椅。而且该操心的我自然会操心，我现在有大把的时间。我一直想学广东话，以前一直没有空。

我希望你听仔细了。没人要夺走你的双腿。可能你不相信命运，但是机器人之所以选择你，一定是有原因的。这就是你的命运。等你康复了，你要回到球体，要让机器人动起来。你会让我们所有人感到骄傲。而且你需要回到雷斯尼克准尉身边。

你为什么会这样想？他们还是要给我做截肢手术，不过你刚才说得很精彩。而且你我都很清楚，我和卡拉已经结束了。

我认为她不是那种人，她不会因为你残疾了就抛弃你。

我知道。她忠诚得像条狗……这样说不太好听。反正大概是这个意思。她会为了一堆错误的理由跟我在一起。她不会开心，但是她会不离不弃，就因为扭曲、错位的责任感。

你为什么觉得她会不开心？

他们要给我做截肢手术，我再也无法走路。我无法站立，拿不到顶层架子上的食物。洗澡也要别人帮忙。我可能会把自己埋了。我已经很愤世嫉俗，我想这不会突然让我变得阳光灿烂。我都嫌弃我自己。我不想拖累任何人，尤其是卡拉。她应该跟她引以为豪的人在一起。她最不需要的就是伺候一个残废。

你知道吗，肯·马丁利从未染上风疹。他执行了阿波罗 16 号登月任务，后来又参加了两次航天飞行。库蒂尔先生，没人会夺走你的腿。我向你保证。

TOP SECRET

File NO. 121

采访主刀医生帕维尔·哈斯

地点：纽约市专科医院

库蒂尔先生情况怎么样？

他的股骨、胫骨和腓骨，好几处都断了，髌骨也都坏了，膝盖断裂。肉里全是弹片一样的小碎渣。所以说，他的腿保不住了。

他以为你们要给他做截肢手术。

没错。这会儿他们正在做术前准备。我们一谈完，就推他到楼上去做手术。我们要从他的大腿中间给他截肢。幸运的话，应该能留下一截装假肢。他这种情况，基本最后都能重新站起来，只不过可能需要一段时间。我知道这听起来很可怕，但是你得相信我，这是当下最好的选择。

和他跟我说的差不多。不过很抱歉，我要通知你，截肢不予

考虑。

我不想无礼，但是截肢这件事可由不得你。

我倒希望如此，可惜有太多的事归我管，这件事碰巧是其中之一。

我看到你嘴微张，这表明你正伺机打断我，你也别麻烦了，我给你一个理由，也是你能听到的唯一理由。

那个人处境特殊，他在为国家，甚至是为全人类做一件非常重要的事。这件事只有他可以办到，而且他得有腿才能办到。我为我的直接道歉，但在这种情况下我别无选择。

你不能……

请不要打断我。我知道，你是权威，可能由于你工作性质的关系，平时很少有人不听你的。不过，要是你刚才告诉我的是真的，那么从现在到脓毒病发，已经没有多少时间。所以我希望你能原谅我的鲁莽。

如果你还要坚持的话，这两位男士会护送你出去，带你离开。我不希望你觉得我是在威胁你。你不会死，也没有人会对你怎么样。然而，你会在一个陌生的房间醒来，再也见不到外面的世界。

我想你知道的够多了，已经可以做出明智的选择了。不过你只剩下 30 秒做这个决定了。

我不知道我应该怎么回答。

你不必回答。你只要按我说的做。据说你医术很高，这也是我们把他带到你这里的原因。找一个和你差不多水平的医生只要

5 分钟，但我还是希望这件事能够由你来做。

你不明白。我治不好他的骨头——别说我了，换了华佗也办不到。事不遂人愿，你威胁我也没有用。我没法吹口气让他的骨头合上。我也不能让他凭空长出好腿来。

你当然有办法。你写过几篇关于钛植入的论文，而且在全髋关节复位手术中，你主刀成功率最高。你也许没有制造这么大植入物的工程技术，但对我们来说，那就是打个电话能解决的事。我相信需要的设备你这里都已经有了，要是还有什么需要，尽管告诉我，肯定一个小时之内送到。

资金不是问题，而且美国军方、美国卫生研究所、国家科学基金会、美国航天局，还有许多你闻所未闻的机构，他们的资源你都可以利用。有什么需要，打这个电话，报你的名字，就会有人给你你要的东西，不管你想要的是什么。你要记住，你可以利用如此庞大的资源。我不希望因为你认为某些技术不存在，或者无法获取某种材料，造成这次实验的失败。现在这一刻，你是全世界医疗领域最强大的人。

我们不得不换掉他腿部的每一块骨头。也就是说，要往他的组织里插的是机械腿。而此前没有成功案例是有原因的。人体会出现排异反应。我不知道能否恢复他的肌肉，但可以肯定的是，植入这么大一块东西，他的身体一定会出现排斥。我们最后会害死他的。

这就是我为什么说之前那些话。你要知道，你不了解的事情太多了，而且你现在得认识到这一点。20 分钟后，你会接到美军医学研究及装备司令部的电话，他们会给你提供一种他们研发的免疫抑制剂，有助于库蒂尔先生接受新腿。他们还有一种肌肉生长促剂……

我不能给病人注射我完全不了解的东西。

那是一种抑制肌肉生长的抑制剂，它比你知道的任何东西都要有效。我相信它上面一定贴了标签。他们告诉我，他们在老鼠身上做了实验，效果十分显著。你啊，别浪费时间掩饰了，你我都知道，我们都很好奇它对人类是否有效。你马上就可以亲自试验这种美国药监局几十年后都不会听说的药品了。

你显然不在乎我怎么看，但是我希望你务必知晓：如果现在截肢，他还可以过上丰富多彩的生活。

等你给他造好新腿，他可以过上超乎想象的丰富多彩的生活。

我得想想。

你不用想了。20 秒前，你就打定主意了。哈斯医生，你看，我们的工作并没有那么难做。我们分析现状，为行动收集尽量多的信息，然后去预测可能出现的每一种结果。我和你一样希望把工作做好。我们希望你将你所掌握的丰富知识，运用到两项企业资助的广泛研究中，一项是锥形钛合金非骨水泥股骨柄全髋关节置换，另一项是通过钛植入让坏掉的组织再生。2006 年，你做的髋关节置换手术中有两起产生排异反应，其中一人死于并发症。有趣的是，无论是在资金申请书里，还是出版物里，你从未提及这两例患者。然而，他们的数据却出现在了一个与他们毫不相关的组织反应研究当中。你把患者调包了，就好像什么也没有发生。没有伤害，没有犯规，只是死了一个人。

那个女人在填写申请表时隐瞒了患有心脏病，否则我绝不会选她。

我相信。你就算在报告里提了她，也救不了她。你只是让出资方拿到的初步实验结果更好看罢了。

更重要的是，你曾经酒后驾车被捕，但是你移民来美国时并没有申报。我知道这在美国不是重罪，但在你的家乡就不一样了。

你自负地认为可以不守规矩，认为这些善意的谎言有好处，认为你其实是在帮助别人。你们这一类人会这样想并不奇怪。

我们这一类人？

出自寒门，环境动荡。家里首个大学生，出人头地。听起来很老套，我知道，但我们很了解这类人。有一点可以肯定：你命很好，哈斯医生，你肯定不会为了一点原则而舍弃现有的生活、家庭、事业。

你出去之后，务必在造新骨头的同时，储备好足够的库蒂尔先生腿部的活组织。

我向你保证，就算这样做了，而且奇迹发生，他还是会觉得不如死在手术台上。他会哀求我们结束他的生命。你根本无法想象他要承受多少痛苦。接下来的日子，他每一天都会生不如死。这些话，你来告诉他吗？

还是不了。这些话太残忍了，还是不要说了，尤其是在一场生死攸关的再造手术之前，更不能说。告诉他，能够减轻他的痛苦吗？

无论如何，他都会痛不欲生，除非他死了。

那么为什么还要告诉他。我希望他尽量保持好的精神状态。我希望你让他安心。

我希望有一份存档，证明这项操作有违医生的建议，且我是受人威胁才做的。

我在录音，因此我们对话的内容都会被记录下来，可以算是存档。不过医院方面是不会有任何形式的存档的。这个决定是你做的，与别人无关。你做这次手术，是因为你坚信这个治疗方案对患者最为有利，而且你坚信手术会取得成功。让我把话说清楚。如果你对任何人提及这件事，提及我的存在，都将给你自己和你爱的人带来不幸。

什么样的不幸？

我还没想好怎么委婉地表达，但我可以向你保证，你将再也见不到自己的孩子，哪怕手术取得成功。

如果手术不成功呢？

你应该会被吊销行医执照吧。

我保证什么也不说。可要是患者死了呢？你拿什么威胁我？

如果你按照我的要求去做，那我为什么要威胁你？我不是恶人，哈斯医生。应该说，你很有可能失去你的行医执照，你的房，你的车，你所拥有的一切。大概还会蹲监狱。你很快就要瞒着状态稳定的患者给他做一台高风险且极为复杂的手术，你说要是他死了，会有什么后果？

在你出去之前，我还希望你看一下这些设计。你需要把它们融入腿部结构。

这是什么？

膝盖。

我不是机械工程师，但是这膝盖看着怎么……

是的，哈斯医生。确实如此。

TOP SECRET

File NO. 126

采访遗传学家阿莉莎·帕潘托尼乌博士

地点：丹佛市中心公园公共图书馆

你的口音很特别，帕潘托尼乌女士。你是在巴尔干地区长大的吗？

是的，绝大多数希腊人都生活在那里。

你来自一个我从未去过的地方。非常特别。

谢谢。我很好奇，为什么我们要在……公共图书馆会面。抱歉，我一跟人说话就会紧张。

没必要道歉。我不希望有人打扰我们。很高兴认识你。

荣幸的是我。你找我，是想……跟我说什么？

我看到，你之前对项目走向的担忧应验了。如果我知道是你这样高智商的人提出的意见，却没有引起重视，那肯定是我

的疏忽。

非常感谢您的称赞。我无意……越级报告。

所以那只是一次意外咯?

我……

没关系。现在请你告诉我，你对富兰克林博士的领导方式有什么意见?

我很尊重富兰克林博士。她是一位很棒的物理学家。

但是?

但是她也会犯错。她没有……你想的那么聪明。我经常给她检查计算结果。

她肯定很感谢你。

富兰克林博士最大的问题是太……脆弱。她的决定会受团队成员的影响。她对待卡拉和文森特就像她的……孩子。卡拉固执得很，我觉得……完全靠着她的善意来推进项目……是不负责任。我几次要求让她做一系列测试来判定为什么只有她戴上头盔才有反应，但是富兰克林博士都拒绝了。

你的表述有误吗?我怎么听说，雷斯尼克女士递交了唾沫样本，你也进行了分析。说起来，我记得我看过你写的一份报告，报告的结论是：她的基因与常人无异。

我是做了一些基因和生化测试，并没有发现染色体变异，也没有任何突变迹象。但是还有很多别的测试可以做，比如分析线粒体。我还没做过一次完整的基因测序。我可以研究她的大脑结构，她的眼睛可能就是答案。

如果我没记错，富兰克林博士为她做过一次视网膜扫描。

我是说可以研究她的视网膜样本，而不是视网膜图片。

这些可以等到我们找全肢体，解决了当务之急再说吗?

你不明白。这件事不只和卡拉有关。没有文森特，我们的项目就没法……没法继续下去。他活不下来怎么办？他……走不了路怎么办？弄明白头盔的工作原理，对找人接替文森特来说也很重要。

恕我直言，现在有很多事情比个人感受重要。我认为在这么多人里，您……

你认为在这么多人里我……

我认为您……很务实，所以您知道应该做什么。或许您和他们一样，也被情绪所左右了。

你在质疑我的判断吗?

这么说吧。如果控制机器的是狗而不是人，那么我们是不是已经有无数条狗在待命了？

狗……我发现你的问题比我能给出的任何答案都有趣得多。但是感谢你的建议。我发现你讲话机智又幽默，我向你保证，你刚才说的我都会考虑的。

谢谢。这正是我希望的。

再见，帕潘托尼乌女士。

TOP SECRET

File NO. 129

采访国家安全事务助理罗伯特·伍德哈尔

地点：华盛顿特区白宫

有什么能为你效劳，罗伯特？

国防部长已经将我们的戒备状态调到了 3 级。

因为俄罗斯？

可远不止。中国发现我们离境，已经向联合国提出正式申诉。

你什么时候开始在乎联合国了？

我是不在乎联合国，但是俄罗斯人盯得很紧，他们的反应非常快。他们还不知道我们在找什么，但他们知道，能让我们闯入各国积极寻找的肯定不是一般的文物。还有，土耳其政府把你们的到访告诉俄罗斯人了，这可是一点儿好处也没有。

现在他们正式将士兵死于西伯利亚的事怪在我们头上。他们说我们那回不请自来是在蓄意挑衅。俄罗斯大使约1小时前离开了莫斯科。这会儿他们正在打扫大使馆。你在这儿都能听见碎纸机运转的声音。中国采取行动也只是时间早晚的问题。

他们进入备战状态了?

可以这么说。我们观察到，过去3小时里俄罗斯的海上军事活动比古巴导弹危机的时候都多。整个北方舰队都处在警戒状态，太平洋舰队大部分也是。仅在北大西洋，就有超过100艘船只。

核潜艇呢?

今早北德文斯克号和两艘北风之神核潜艇一齐下海了。白色的海上基地看着像是被弃用了。有5艘Delta IV级核潜艇在海上巡视，还有很多Delta III级核潜艇，甚至还有他们又老又大的飓风级攻击潜艇。可以说，基本所有能用的核潜艇他们都派出来了。我们还没发现中国方面有任何特别举动，不过要是他们也派出部分舰队，我不会感到惊讶。

他们在虚张声势。

我们也是。虚张声势的意思已经变了。没人想打仗，这一点人尽皆知。双方都知道对方不想打，所以才敢步步紧逼。其实是为了保全面子，实际上却在挑战和威胁，而且双方都认为可以仗着对方不会使用核武器而为所欲为。今天确实没人会用核武器，但是总有一天……总有一天两方之一会意识到自己大错特错。

当然，我们也部署好了自己的攻击潜艇。如果中国方面有行动，我们会派出更多的船去攻击他们的船。目前我们的航空母舰随时待命。如果让它们驶向亚洲，中国肯定不会坐以待毙。你知道结果会是什么。有史以来，两军对峙从来没有好结果。我知道从地图上看海洋很大，但是船一下子就可以把它填满，而且我可不想把自己的小命交给一些搞不好撞上什么的核潜艇船长。

我们一定得表现得这么友善吗？不能什么也不做，看俄罗斯怎么办吗？我真搞不懂对等回应有什么好处。

有什么好处我不知道，但这就是人性。你在酒吧打过架吧？

看来你要进行类比了。

酒吧斗殴是这样开始的。你撞上一个人，把他们的酒碰洒了。他们对你大喊，把你推开。你意欲道歉，却顶着他们的胸口。每个人都“对等回应”，直到有人牙被打掉。没有人想打架，但是也没有人想就此打住。如果对象换成军人，情况会更糟，要是换成政客，会更更更糟。

所以我们做我们的，他们做他们的，如果走运，不会有2000万人因此丧生。

我们都很清楚同意采取这种行动所带来的风险。

这样说有点儿……这样说很有问题，你不觉得吗？

为什么？

因为我们没有同意。你只是告诉我们一个既定事件，你告诉我们你事后做了什么，你威胁……

是事实。

什么？

那个词叫：既定事实。它的意思是：木已成舟。真不明白，怎么有人连词义都没搞清楚就到处乱用。

当我请求你的帮助时，我已经把意图说得很清楚了。你选择帮助我。你大可不提供军队。你本可以说不，你也可以设法阻止我。你随时可以逮捕、监禁，甚至杀害我和我的团队。但是你什么也没说，这本来是默许了，但是你进一步提出要求，要求我“充分支持这届政府”。鉴于当前事态的严重性，我理解你想和这个决定撇清关系，但是你确实做出了选择。因为你的选择，有很多人可能会死。

那你是什么感受？你接受得了？为达目的，不择手段，是这样么？

你把我说得很不理智。没错，我是觉得为达目的可以不择手段。我像其他人一样，想好了底线。但我的底线是基于理性，而不是基于情感。

所以你会让 100 个人死吗？死 1000 个人，你会停手吗？你要牺牲多少生命？ 100 万？

当然不是。不过 1000 似乎是个合理的数字。

你是个混蛋，你知道吗？随口说 1000，不武断吗？

是的。很多事情都是这样。我们与苏联人比赛登月，死了 8 个人。挑战者和哥伦比亚事故，又死了 14 个人。探索太空比祭奠 22 个人的生命更重要。要是有 22000 个人死亡，结果可能已经截然不同。

解放科威特的时候，我们有 300 多名士兵牺牲。大多数人认为这个数字还算合理。伊拉克战争死了 4000 多个美国人，有些人认为推翻萨达姆的代价太大了，但另一些人认为，这样做很值得。

二战期间，有超过 2000 万名士兵死亡。2000 万，还只是士兵。有很多人认为他们没有白死。

我真心相信，我们所做的事情远比登月和争夺几桶油要重要。在我看来，它与发明汽车或者古人生火的意义相当。我知道其他人可能不会同意我的看法。我希望我能告诉你失去多少生命是值得的，但是我不能。如果某天我们决定说，可以死 1151 个，但是不能死 1152 个，那这才是武断。

我可以告诉你的是：在丹佛的一个地下仓库里有确凿的证据，可以证明我们不是宇宙中唯一的文明，有一种文明在技术上领先我们数千年，而且我们正在设法运用他们的一些知识。这对全人类来说是一个里程碑式的进步，而且不只是技术方面的进步。它将改变我们的人生观、世界观，重塑这个星球，而我们有望促成这一转变。你觉得，这值得多少人付出生命？

我们还是祈祷别再有人死了，好吧？希望不久能听到好消息。对了，上次那个叛徒你处置好了？

是的。

很好。总统已经有点烦了。他还听说，你的一个手下进了医院。

这次又是指我哪个恶行？

你逼着医生把一些古怪金属做成语言学家的膝盖。你以为神不知鬼不觉吗？

好吧，他需要膝盖。

总统可不这样认为。他一直在给你特权，让你可以无视社会风险和国际法，但你却再度越界。你的举动非常危险——说是“做实验”太轻描淡写了——你未经一位美国公民本人同意，就改造他的身体。

我道歉。我不知道他会反对。

这不是开玩笑。

这有点好笑。首先，我没有做任何事情，是医生做的。其次，库蒂尔先生不是美国公民。他来自蒙特利尔，一个大城市，和波士顿差不多大，在美国的北面。也许你听说过那个城市，那里的人爱打曲棍球。

那只是一种表述。

“美国公民”可不是一种表述。你真的想告诉我，总统气我没让医生毁掉最后一丝成功的希望？有必要的话，我可以杀了库蒂尔先生，但是他觉得手术受到道德上的谴责了吗？让他不舒服了吗？我会放心吗？告诉总统，我们治好了库蒂尔先生的膝盖。要是总统能给库蒂尔先生发个奖章就更好了。那会让他感觉更好。

如果库蒂尔先生活了下来，那么我们成功的概率将比术前高得多。我还要提醒你，他会是一个没有腿的腿部控制飞行员？机会难得，我得把握。如果再让我选择一次，我也绝不会犹豫。

下一次你再想在谁身上花600万美元，你应该得到他的许可。在总统看来，你所做的一切无异于折磨那个人。

我满怀尊重，但强烈反对。你可以按你的意思告诉总统。搞定他是你的责任。

…………

罗伯特？

你知道吗，发个奖章真不是个馊主意。

我那是在讽刺。你不能给他发……算了。发吧，给他发奖章。

File NO. 141

采访恩里科·费米研究所高级科学家萝斯·富兰克林博士

地点：科罗拉多州丹佛市地下设施内

卡拉在哪儿？她今天没来。

执行任务去了。我只能告诉你，她几天以后就会回来。我听说你那边也很顺利。

什么事都逃不出你的眼睛，对吧？是的，我去看瑞恩了。

我不知道还能去看他。

一般人是不能的，但是政府精神病专家除外。

他们没有检查你的证件？

国家安全局从来没收回过我的证件。上面写着医生……

我得说我很惊讶。这不太像你的风格。

我不知道你是在讽刺还是恭维我。

都不是。我只是单纯地说，你近来的表现与你一贯的风格不符。你特别勇敢，与此同时你非常理性、有条理。但是对这件事，你似乎有些浮躁、冲动。这些形容词本该用来形容雷斯尼克女士才对。

是她的建议……她说如果我遇到麻烦，你会把我救出来的。

我不会指望别人。

好吧，我不能让他独自在那儿。他必须知道还有人关心他。他看到我，好像真的很惊讶。他为他的行为羞愧，我想他不是在祈求原谅。

他说，最糟糕的是，那个过程印在他的脑海里，挥之不去。事发之前几个小时他记不大清了，但是不知怎的，酒精没有抹去车祸发生时的任何一个细节。他仍记得卡车撞上去时文森特的脸。我告诉他，如果他允许，我会再去看他。

鉴于米切尔先生的所作所为，应该说库蒂尔先生也很宽容，这一点好像是科学家的共性。我猜雷斯尼克准尉没有跟你一起去。

她没有去，但她和我们不一样。她感到……自责。我不可能说我原谅瑞恩，他那晚的行为很可怕。我也知道他经历了什么。你肯定可以理解。

我明白这些是特殊情况，情绪难免过激。我理解在有压力的环境下，容易出现很强的吸引，连带损失也会等比例扩大。我也知道，你、雷斯尼克女士以及库蒂尔先生在同样的情况下，没有企图谋杀任何人。米切尔先生想杀死他的一位同事，这是对美国士兵生命的鲁莽漠视，有辱现代史上最重要的努力。我相信我的理解完全正确。

也许你说得对。我只是觉得，他不是那样的人。他做了一件可怕的事，但是我们不能因此否定在那之前的他。他有家庭，他的母亲把他带到这个世界，喂养他，照顾他，给他穿衣，开车送他去踢足球。你不能指望他的母亲接受儿子是这样的人。我也不能，我拒绝这样片面地看待他。

你以前觉得他挺好的，在一切没有改变以前。他在那之前付出的一切仍然真实。瑞恩知道自己不只伤害了文森特，还给一大堆人带来了麻烦。而他必须忍受。我认为这样的惩罚已经足够。

我们还是各持己见吧。我来这里不是跟你讨论米切尔先生的，也不想听你说他目前的困境给你什么样的感受。我这次来，是听说实验室有一些变故。

可以这么说。由于文森特不在，控制台的工作已经完全停滞。卡拉变得很烦躁，因为无人可训。实验室里感觉空荡荡的，现在阿莉莎又走了。

帕潘托尼乌女士去哪儿了？

我以为你知道呢。她的工作签证失效了。因为一些技术方面的原因。她周一被送回了希腊。

真遗憾。我听说她是一位杰出的科学家。

是的。不过她和大伙儿的关系都不太好，我觉得她在这里没有朋友。我得承认，她是个不好管理的下属。她做事很倔，但是我们最近取得的进展多亏了她的想法。

这我倒不知道。

自从找到了第二块肢体，我们就将所有的注意力放到了机器人上面。文森特无法参加训练，于是阿莉莎建议我们回到金属的研究上来。我们已经知道机器人的一些部位遇到放射性物质会被激活，但是她想知道这是否与金属的材质有关。不管怎样，现在实验室里就剩下两个人了，我决定让卡拉帮我做一些阿莉莎之前设计的实验。

我不太理解。你们之前不是做过金属材质分析吗？

对，我们分析过好几次。每一块都是坚实的金属，89% 是铱，9.5% 是铁，1.5% 是其他重金属。关于合金的物理性质，我可以一直讲到明天早上。但是我说再多也没有意义，因为我们知道这根本不现实。这种合金应该重 10 倍以上。金属也不会发光，更不可能因为聚在一起而发生移动。科学告诉我们，我们面前的合金拥有的是一种复杂物质的物理性质。

所以我想设计一些实验来解释这是为什么。我知道听起来有点儿玄乎，它确实很玄乎。我越来越觉得是这样。

我首先将一块板子和钚 238 接触，测它的光输出。结果发现，它不只是被激活了，还会给放射性物质提供核能。每增加一点儿辐射，板子的光输出会增加 0.5%。

这就是它们获取能量的方式吗？

我猜是的，不过还有更有趣的。我们对之前好不容易从板子上切下的一小块进行分析。之后我把它装在透明树脂盒子里，放在桌子上，就像镇纸一样。当我们发现板了的亮度增加时，我就想测一下这种材质可以吸收多少能量。我把它放在一个封闭的环境中，直接与钚接触。结果发现，那金属真的在吸收辐射，而且速度相当快，还需要释放多余的能量。

放电时，它发出非常强的电磁脉冲。房间里两台电脑都被破坏了。可能肢体激活时也会发出同样的脉冲，之前卡拉驾驶的直升机在土耳其坠落，可能就是这个原因，虽然电磁脉冲解释不了飞机引擎为什么会失灵。但现在我知道该怎么做了，任何我能想到的，我都会去监控。我还想看看它能否为其他物质提供能量。

如果不是另一个家伙讲得太差，我会说这很有意思。

你有兴趣，我很高兴。但这还不是最妙的。最妙的是，它还会产生一个强大的能量场，强度足以破坏周围的物体。

你说“破坏”是什么意思？像爆炸一样吗？

不，不是爆炸。只是说，它周围的东西会……消失，凭空不见。那天我在一个玻璃室里做实验，它在玻璃上击出一个完美的圆洞，就像激光穿孔一样。没有灰，没有碎片，也没有痕迹，就好像洞之前就存在一样。

机器人一共能吸收多少能量？

很多很多。如果那么小一块金属就能放电击出那样一个洞，我无法想象机器人能吞下多少能量。现在我显然不能让它靠近任何工具，但是一旦有办法测定那一小块金属的能量输出值，我就可以推断整个机器人的能量输出值。

机器人能经受导弹或炸弹吗？

不好说。常规武器会产热，但大部分还是因为动能损坏。我不知道它会怎么样。我可以做一些实验，简单的比如“锤击板子”，测一下光输出量。别的我还得再想想。

我可以告诉你，我们用了难以置信的强压力才从板子上切下来一小块。我不觉得导弹或炸弹伤得了她。如果冲击力很强的话，可能会把她撞倒在地。我不太了解武器。

你觉得它能经受核爆炸吗?

我不知道。或许可以？我认为有一个问题更加重要，那就是球体如何屏蔽外界冲击。机器人本身可能毫发无损，可要是里面的人都死了，就没有任何意义了。

机器人如果经受核爆炸，它释放出的能量所造成的破坏可能不亚于爆炸本身，除非可以把破坏限制在一定范围之内。我只用了几克重的合金，尺寸比你的小手指指甲还小，就击出一个直径30厘米的洞。我才意识到这东西有多大的威力。我必须承认，我已经开始害怕她了。

你认为建造她的目的是什么?

我至今不愿相信她是一个武器，一个强大的武器。但是话说回来，倘若不是这个目的，又有什么理由去建造这么巨大的东西？它一点儿也不实用。如果全部拼合完成，她应该会有7000吨重。她所到之处，都会夷为平地。令我担心的是，只要她的十分之一那么大就能踏平1万人的军队，6000年前根本不需要如此强大的武器，至少地球上不需要。

你认为她有那么大的威力?

我们得先找到头部，才知道。

我们很快就将找到所有的答案。不幸的是，我们得出海了。

我之前有想过，但我不希望是那样，因为仙尘在海里不好扩散。我们可能要花好几个月来研发一种新的送达系统，找起肢体来真是大海捞针。不管我怎么想，事实是在海里进展会比在陆地上慢得多。用潜水艇这样的慢速工具，可能要数十年后才能有所发现。我多么希望埋这些东西的物种害怕水。

你误解我的意思了。我是说，我知道头部在哪里。在海里，在白令海。

TOP SECRET

File NO. 143

采访美国海军船长德米特里厄斯·鲁克

地点：华盛顿州基察普海军基地

请报上你的名字和军衔。

美国海军船长德米特里厄斯·鲁克。

你目前执行什么任务？

我负责指挥吉米·卡特号 SSN-23。

如果我理解得没错，那是一艘攻击型核潜艇。

是的，长官。海狼级核潜艇。

你指挥多久了？

到今年 10 月就 5 年了，长官。

我不属于军队，你不必称呼我为“长官”。

您希望我怎么称呼您？

我想了一下，你还是叫我长官吧。请用你自己的语言描述一下 8 月 17 号清晨发生的事。

好的。我们和缅因号核潜艇一起离开基察普海军基地，它是一艘装载弹道导弹的俄亥俄级核潜艇。接到海军部长打来的电话时，我们正在去东南阿拉斯加声学测量实验室的路上。我们计划在那儿进行 1 周的检测训练。

你接到海军部长办公室打来的电话？

不，我是说，我接到海军部长本人打来的电话。

海军部长经常打电话给核潜艇船长吗？

不经常，只有那一次，情况很特殊。他的命令绝不寻常。他让我们在白令海拦截两艘俄罗斯潜艇，并保护好现场。他让我们尽量避免冲突，但如果有必要的话可以使用武力。

我不知道你跟海军部长说过话没有，他嗓门儿很大，他语速很慢，男低音。你真的不可能误解他所表达的意思，但我还是请他重复了一遍。我想二战结束之后，还没有哪个核潜艇船长听到过这句话。

首先，我们必须回到海军基地去接一位陆军准尉做参谋。她长得很漂亮。我们从那里开始向西行驶。开到目的地，最快需要 60 个小时。

她说，我们要去找一种新型动力反应器，大概是一种以前没有的核裂变技术，绝不能让俄罗斯人抢了先。显然，将它运往阿拉斯加一处秘密设施的途中发生了意外，他们不得不把它扔到海里。她的直升机当时护送船只前行，而且她很熟悉那个装置，正是因此，我们要带她上船一起去。

她要求立刻去控制室。我的一个助手告诉她，到达目的地之后我们就带她去，但是她坚持马上去。于是，我不得不叫来执行官。一开始我并没有多想。我以为她第一次乘坐潜艇，出现了幽闭恐惧症。狭窄的空间，矮小的门，低低的天花板——有些人一时适应不了，会变得情绪烦躁。我让她吹了一会儿蒸汽，就走了。

你们带她去控制室了吗?

没有马上带她去，而是在距离目标还有 12 个小时行程的时候带她去的。她表现得很平静。我们在阿拉斯加半岛附近，从荷兰港向北行驶，行驶 16 公里之后，声呐探测到 3 个物体。有一艘阿库拉级核潜艇，停在悬崖边上，好像被禁用了。圣彼得堡号就停在阿库拉以西 600 多米的地方，注视着我们。

圣彼得堡号?

拉达级核潜艇。它是领头船，悄无声息，专为炸毁潜艇、保卫基地而设计。一定是阿库拉停止响应之后才派它来的。无论它守护的是什么鬼“反应器”，它似乎打定了决心，不让我们靠近一步。

你认为那不是个动力反应器?

我不知道。它很大，直径约有 10 多米，位于圣彼得堡号和坏掉的阿库拉之间。声呐测定那是一块金属。当我们试图靠近它时，圣彼得堡号开到了中间位置。

我们停了下来。缅因号试图绕过俄罗斯潜艇。我们希望两艘核潜艇能起到威慑作用，可惜没有，俄罗斯潜艇将鱼雷发射管注水，一直对着我们。

然后你们做了什么？

什么也没做。我们的另一艘潜艇也停了下来。我们等待着。潜艇又笨又慢，很多时候我们所能做的就是等待。我们很善于等待。

你受命在必要时开火。

我认为还没到紧要关头。我也还没准备好被对方炸飞。我们是可以击沉对方的潜艇，但前提是它朝我们开火。

你等了多久？

一天。就像我说的，我们很善于等待。第二天早晨，我们接到通知，说有一艘俄罗斯巡洋舰正向我们驶来，90 分钟内即可到达。我们必须快速响应。巡洋舰有精良的反潜作战装备，肯定会把我们的目标带上船，或者拖走的。

我下达命令：两艘潜艇一齐注水，并打开鱼雷发射管。俄军也做出了相同的回应。这时候局面开始失控了。我们的客人“建议”我们上到海面，并警告俄军说，我们得不到的东西，他们也休想得到。

你照做了吗？

没有。我不想那样做。然后来了一艘巡洋舰，她让我照做——准确来说是命令我。她说：“朝它开火！全力开火！”

我接到的命令是找回那个东西，有必要的话朝俄军开火，而不是毁坏那个东西。我自然拒绝朝它开火。她向我保证，那东西不会毁坏，但是爆炸会迫使俄军后退，为我们争取增援时间。我甚至不知道有没有船会来增援。她对我说，我和她争论这个简直是傻瓜。

你怎么回应的？

我的回答是“这不是我接到的命令”。我告诉她，要是她坚持这样，我会让她离开。然后她做出了一个惊人举动——她提高音量，确保每个指挥的人都听得见：“美国总统授命我指挥这艘船。”

有胆识。

可以这么说。我叫来保安，并让水手长逮捕她。执行官抓住她的胳膊，然后发生了骚乱。当时动作太快了。她反扭执行官的胳膊，把他的头按在控制台上。两名持枪保安赶到甲板。她轮踢了其中一个，并用手掌打扁了另一个的鼻子，然后放倒了他。她肯定从其中一个保安手中夺取了手枪，因为随后她用手臂绕住我的脖子，用一把枪顶住我的喉咙。她把我们赶到墙边，这样视野更加开阔。

门口又进来 4 个持枪人员。有很多人到处乱跑，大喊大叫。我能感觉到我的船员慌了，于是我下令所有人放下武器。我说了好几次他们才都听到，但是最终他们都照做了。我问她下一步要怎么做。她给了我两个选择：一是按她说的，朝目标开火；二是上到海面，确认她所言真假。我绝对怀疑她的动机，但我丝毫不怀疑她的决心。不听她的，她肯定会一枪毙了我。然而，在这样的情况下，她仍然相当平静，所以我选择相信她没有完全丧失理智。

我告诉她，俄军的巡洋舰马上就到，我不会上到海面，但我会向目标发射鱼雷，与此同时，缅因号向圣彼得堡号发射鱼雷。我这样做只有一个条件，那就是别再用枪指着我的脑袋。她不得不放了我。

她相信了吗？

我以海军军官的名义保证。我拿走了她的枪。执行官把她打晕了，我想他在这个过程中打伤了她的鼻子。他把她拖进了船舱。

你开火了吗？

我向她保证过。我们朝目标发射了两枚鱼雷。都击中了。

然后呢？

没有然后。好吧，其实是有然后的，只不过和你想的不一样。鱼雷爆炸时，我们已系好安全带，准备迎接冲击波。我们与目标非常的近。引擎停了，所有的灯都灭了。我们只能听到压力下船体金属发出的声音。我们开始慢慢向上倾斜、侧倒，我们都得抓住东西。回旋了大约 6 个小时之后，我们听到船体连接的声音。我们被分批接到一艘救援潜艇上，一批 10 几个人。

原来他们派了很多增援船只：几艘护卫舰，两艘驱逐舰和一艘巡洋舰。爆炸发生的时候，他们一定就在不远的地方。我们可以透过救援潜艇的窗户看到圣彼得堡号——其实是看到它的阴影。在它身后有很多淡蓝色的光芒。它的船尾不见了。切割得非常完美，完全不是爆炸。你需要激光或喷灯才把它切成那样。救援潜艇出手帮助俄罗斯人。他们很幸运，尾部切断时，船舱是密封的，只有 2 人死亡。

我问巡洋舰船员："阿库拉去哪儿了？"他们只是茫然地望着我。我们这边好几个人作证才让他们相信，我们到达的时候，有一艘阿库拉级潜艇沉在海底。现在，它已经不在那里了。像变魔术一样，消失了。没有残骸，没有漂浮物，没有任何存在过的迹象。

准尉怎么样了？

再也没见过她。他们说她会被送上军事法庭。她说得没错。我是说，她下的命令没错。

我还以为你说她……

他们也清楚地告诉我，忘掉这件事，当它从未发生过。我想，从未发生过的事，他们自然不会审判任何人。

你向来如此多疑吗？你好像总不相信别人告诉你的事情。

要我说，这件事太复杂了。军事情报，呵呵。他们扯这些荒唐的故事，就因为我们不追问，他们就以为我们信了。他们忘了，他们说话的对象是受过不追问训练的我们。要我说，我宁愿他们什么也别告诉我。欺骗比不说更侮辱人。

你认为我在欺骗你吗？

我很难判断。你什么都没有告诉我。但咱们可以试一试，你告诉我，我是朝什么开的火？像她说的，那东西毫发未损。我看见他们打捞的时候用吊臂钩起它，但他们在上面蒙了一些黑色薄膜。我明明朝它发射了两枚鱼雷……

其实我可以告诉你另一个版本的故事。我向你保证，你一定会觉得它荒谬至极，你离开这个房间时会坚信，你确实是朝反应器发射的鱼雷，然后反应器消失在了海上。所以为了节省咱俩的时间，我还是别讲另一个版本的故事了。我可以告诉你的是：你所做的事情非常伟大。

谢谢。我想这才是我想听的。再说一句，有机会的话，我想和那位准尉握个手，她很有勇气。

我会向她转达你的问候。

File NO. 161

采访美军三级准尉卡拉·雷斯尼克

地点：科罗拉多州丹佛市地下设施内

我受不了了。我觉得每天都在看着他死去，每时每刻都是。他有知觉的时候就在痛苦之中。没有人能忍受那么大的痛苦。我很惊讶他坚持了这么久。

他能走路了吧？

不能！他不能！那不叫走路。你和我这样叫走路。可他，走不了几步，整个身体就开始晃。然后就倒下了——为了不让我们担心——他还假装没有多疼。我今天把他从地上扶起来 3 次。他太可怜了，谁也不忍心再伤害他，所以都没说话。

他们其实想说什么？

他都没有什么肌肉了。

他在吃药吗？

嗯，按时吃药。但是他的身体在适应肌肉生长促剂。医生说他对药物会越来越耐受。

我们会给他找一些新药。

你们不能一直给他喂实验药物。他的身体消受不起。

你宁愿让他受苦？

他不必受苦。把这些东西拿出来，让他休息。等他准备好了，他可以学着用假肢走路。

如果他没有腿，这个项目就完蛋了，你是知道的吧？为了让他少受几周苦，你想让他的努力、你的努力全部白费？

不是少受几周苦，好吗？！如果要眼睁睁看着他死，那么是的，之前的努力干脆白费好了。我们这是在夺他的命！他命不该绝。我们可以想办法找其他人来控制头盔。我们可以改造控制器，让他用手臂来操控。我们有100种方法，让他免受折磨。但我们对他做了什么？我们是在犯错！

富兰克林博士说的是，我们几十年，甚至几百年都无从了解头盔背后的技术。并且，你和米切尔先生——比库蒂尔先生目前状况好太多的那个人——在球体里没日没夜工作，差一点就能让她走起来。你现在也没有办法让库蒂尔先生用手控制机器人的腿，操作控制台，你这是拿他的生命和你的生命来冒险。库蒂尔先生是个成年人，为什么不让他自己做这个决定呢？

不行。如果你让他选，他肯定会选择吃新药。为了让项目继续下去，他在所不惜。

有些人会说，那是一种奉献精神。反正我不认为那是个问题。

不只是他的身体出了问题。他整个人都变了。

他情绪低落吗？

不，恰恰相反。他说，这场考验令他对人生产生了不同的看法。他一直在告诉我们他多珍视这一切。你应该看看他和我的相处。他善良，他……细心。细心的程度吓到我了。

遭遇不幸，却积极乐观，这很难得。

我明白。我以前听人说过："生活给我上了一课。""我现在才知道人生什么最重要。"有时候我还觉得挺有道理。但事实并不是这样。他不是那样的人。我认为他正处在精神崩溃的边缘，他只是在尽力保持理智。

你这样说是出于对朋友的关心，但我确实认为，他在肉体和精神上都取得了惊人的进步。说到肉体，你的鼻子还好吗？现在呼吸有困难吗？

我这样说，是出于对朋友的关心？……你有时真该听听自己说的什么话。我的鼻子很好。我睡觉时还是得用嘴呼吸，不过已经好多了。他们说如果不想留疤，就需要做手术。我还没想好做不做。可惜头盔没那么长，否则就可以把我的鼻子治好了。

你在船上的举动很大胆。他们没开枪打你，真是万幸。你知道那有多危险吗？

我知道。我其实也没有想到。按照他们的做法，要么死路一条，要么前功尽弃，把头部拱手让人。我不怕死，但是我不甘心。我告诉自己那样做的风险是可控的，但实际上我根本没有多想，全是下意识的反应。他们把我惹火了。

这种情况下，的确需要随机应变。我很好奇，你是怎么知道头部不会受损的?

这是合理推断。你知道我帮助富兰克林博士做了一些实验。我认为，既然一小块金属能吸收大量的能量，那么一大块金属应该能承受鱼雷攻击。我知道你会说这一点我说了不算，我可能会毁了一切。

这种事情我什么也不会说。我选择的就是你，我派你去也是同样的理由。坦率地说，如果是我，我也会开火。但我很好奇，你怎么知道它可以对付潜艇。如果我的理解没错，电磁脉冲应该无法在水下传播，要是这样的话，潜艇很可能不会受到影响。

我想过这个问题，但要这么说，我的直升机也不应该受到电磁脉冲的影响。可它却让直升机的发动机停了两次。不管这东西发出的是什么，它都很讨厌。如果不管用，爆炸的冲击波至少会把俄军推开。

他们还在找寻那艘核潜艇。

我很同情那些人。我没想到他们的船就那样毁了。

“消失”这个词可能更合适一些。现在悬崖边只剩下一个新月形的大洞，和一些非常困惑的海员。

他们回去之后，会报告整个经过吗?

他们能报告什么呢?另一艘潜艇明明在那儿，结果消失不见。他们的船在那儿，他们知道我们没有带走潜艇。重要的是我们找回了头部。你把它安上了吗?

还没有。还裹得严严实实呢。富兰克林博士想让我们把控制台上的东西都试过之后，再来安装头部。如果我们能先看到全息图的结果，就可以避免装好之后发生意外。

我认为你应该多些好奇。

确实如此。等一回去，我就要试试那东西，至少得知道它是好是坏，你说对吧？还有，不知怎的，以前那个文森特仿佛又回来了。他说：“这些按钮中可能有一个是自毁按钮。”我很高兴又看到本来的他。他的眼神自从意外发生就变了，但是在那一刻，他看我的目光就和过去一样。我自然不知道接什么话好。我们说好了等文森特好些之后，一起来研究控制台。

我们没有找到自毁按钮，但是我们找到了拆解按钮。在控制台的左上方有一个小按钮，如果按压的时间足够长，她就会趴下来，手臂放在两侧，所有肢体一块块地拆解，至少在全息图上看到是这个样。球体有一个舱顶，因为球体不动，所以我们可以从那儿出去，但问题是，我不知道怎样才能去到那么高。

你们有没有发现武器？

没有，但是几周前，我们把控制台的按钮都试了一遍，有一些按了之后在全息图上没有反应。这些按钮可能会是你说的武器。

我说的武器？

你明白我的意思……我们现在知道的只是一些能让她移动的按钮。就算有一个按钮能让她的眼睛发出绿色的小闪电，也只有试过才知道。得等文森特恢复了体力，我们把她装好，才能确定到底是不是。

你是说等文森特恢复了体力？

当然，我就是这个意思。答应我，不要逼他。

你好像在说我可以控制他。谁也无法违背他的意愿。

你能，这就是问题。他听你的。不要问我为什么。我真的不知道他为什么如此相信你。请不要滥用这种信任。

你我都知道，库蒂尔先生更相信你和富兰克林博士，而不是我。你把这颠倒过来，简直是荒谬。

不，他相信我们……他非常相信我，但他知道我有多在乎他，他也非常相信富兰克林博士。他知道我们会为他着想。我想，某些奇怪的时候，他相信你……更加客观。

你认为我丧失了客观？

丧失客观？不，我认为你一开始就无所谓客观。我不知道参与进来的人有谁能保持客观的。富兰克林博士是一位科学家。如果有人能保持客观，那一定是她，但她不是个机器人，她很好奇，她很骄傲。在一些事情上，她难免因为太想成功而变得盲目。你我都是这样。你有自己的动机，你愿意付出。我不是说你在谋私利——我认为，你的动机在许多方面可能比其他人无私——但这不代表你客观。我和你之间唯一的区别是，如果文森特不能继续这个项目，你根本不在乎他的死活。这不是客观。

我允许你这么说，我甚至可以理解你质疑我的动机。但当我的品行被质疑时，不回应可不行。我骗过你吗？

无数次，我确信。我只求你别骗他。

我应该感到愤愤不平。你怎么不问问库蒂尔先生，他认为被我误导了吗？他是个非常聪明的年轻人，他的智商，你我都无法企及。

少来了。诚实一点吧。如果他说“我不想再继续”，你难道不会强迫他继续、操纵他、敲诈他、用各种方式威胁他?

现在是谁在耍心机? 这个问题只可能有两个答案：一个答案你不会相信，一个答案会把我变成残忍和邪恶的人。所以我要么残忍和不诚实，要么诚实但残忍和邪恶。你提的这个问题，最好的答案是承认我是个危险又有心机的人。所以很抱歉，我不会回答你，你休想得逞。

我该庆幸的是，你的问题完全是猜测，库蒂尔先生曾经多次对你我表达，他希望参与这个项目，不论以何种方式。如果将来某一天他变了，不想再继续了，那时你问题的答案才有意义，你也会知道我到底是不是你描绘的那样。在此期间，我希望你不要自以为比库蒂尔先生还了解他的需求，希望你尊重你口中心爱的人的愿望。

TOP SECRET

File NO. 182

富兰克林博士的私人日记

地点：科罗拉多州丹佛市地下设施内

“我们知道世界已经不同。一些人笑，一些人哭，大多数人沉默。我记得印度史诗《薄伽梵歌》里，天神毗瑟努试图说服王子尽他应尽的本分，为了让王子铭记，他显现千臂，然后说的那一句话，‘这一刻我变成了死神，成为世界万物的毁灭者’。我猜我们都不约而同地思考过这个问题。”

这些不是我说的。其实我也是查了资料才知道原话怎么说。像其他人一样，我只记得“这一刻我变成了死神，成为世界万物的毁灭者”这一句。我们容易沉醉于名言，而且我总是在想象奥本海默望着核爆炸的蘑菇云说话的样子。实际上，他是在 1965 年接受 NBC 纪录片采访时才说出那句名言。他有 20 年的思考时间。

过去几天，我一直在想奥本海默和曼哈顿项目。从过去到现在，我没有造过炸弹，但我愈发觉得有一个简单的事实不容忽视。

我在造一个武器，一个可怕的武器。但我没有隐瞒，我无须隐瞒。我大部分时间都在想她的杀伤力多么强。我意识到，她或许能促成和平，但不是通过正义和理解实现的那种和平。这注定要成为一台杀人机器，谁也对抗不了她。

她可以用了。我感到害怕。每个夜晚都在提醒我，提醒大家。我早上越到越早，要么是因为睡不着了，要么是因为不想再做那样的梦。结果已经有人先到了，或者没过几分钟就来了。谁也不想提这件事，但是我们知道彼此感同身受。

我往往会做同一个梦：我梦见她站在我的身旁，弯下一条腿，将脸靠近我的头。她凝视着我，一双明亮的绿眼睛，似乎就要说话。这时我猛地惊醒，一身冷汗。

从昨天起，我知道我再也不会做这样的梦了。我们终于一睹她的头部。

每个人都非常想看。她就在那里，被一块黑布包裹着。卡拉每天都被我盯着，不许偷看。我其实可以打开给她看，但是折磨她实在太好玩了。她会绕着头部走 20 分钟，希望黑布奇迹般地自己脱落。接着她会生气地走开。

昨天早上，我推着轮椅上的文森特，告诉卡拉是时候看一看了。我们解开绳子，把黑布摘下。她十分惊人，但与我的预期有所不同。

她长着很薄的嘴唇和一个非常小的鼻子，所有的器官都很秀气、精致。她看起来像个孩子，天真但有控制力。我看到她，想到了“贞洁”这个词。

她头上刻着复杂的波浪纹路，我不知道这究竟是她的头发，还是一个非常精细的头盔。纹路之间透出蓝绿色的光。一些纹路向前延伸到她的脸颊和额头，另一些纹路向后延伸到她的背甲。几条脊柱从她的额头汇至脑后，形成一个斧形的附属器官。

摘下黑布的时候，我期待见到梦里那样的深情凝视，老实说这个想法让我害怕，但是那一幕并没有出现。没有刺眼的光，没有凝视，没有眼睛。

她没有眼睛，只有一些小的本来就有的凹槽。这令人非常不安。你不禁好奇，她知不知道你的存在。因为是我安装的她，所以我知道她什么意识也没有。然而，她是……一种存在。我想她肯定比一台华而不实的烤面包机要强。因为她具有人形，所以不能怪我将她拟人化。不管怎样，我想梦里她还是不会放过我，只不过会换一种方式来吓唬我。

我们不得不用两只起重机来吊起头部。刚一接触，整个房间就开始摇晃。等她的整个身体稳定后，一切又恢复正常。我让卡拉拿一个对讲机，乘电梯上到球体。

她进到自己的控制站，扣上链子。我让她慢慢抬起右手。然后神奇的一幕出现了，她动了！我们终于能让她动了。她可以移动手臂，旋转头部，甚至弯腰去捡一个储物箱。她的动作真是优雅、细致，我没想到会这么自然。不过她的手指把箱子压碎了，所幸问题不大，我们自己就可以修。卡拉再也不是那个脆弱的自己。

今天我们无意间发现了武器。我还没有告诉那位无名朋友。他很快就会知道。我只是不想给他机会装出一副没在期盼这个消息的样子。我知道早晚会找到武器，但是没有想到那么快。我一直认为会是激光、死亡射线，或者未来的武器。也许是我科幻电影看多了。我错了，原来我们的女孩很老派。她用的是剑和盾牌。

她显然是为近距离作战设计的。我不知道她怎么打架，但是肯定气势恢宏。那把剑蕴藏着能量。就像一把光剑，只不过更宽，双刃，更像中世纪的剑。星球大战遇上指环王。它的颜色也不是蓝绿色。它发出非常明亮的白光，很刺眼。

太酷了——这些天我好像一直在用这个词——我们可以在控制台上调控剑的长度。文森特发现它最短可以调到 1，最长可以调到 64。最短的话和匕首差不多，最长的话……我们调到 64 的时候，它在地上钻了一个大洞。之后我们就不再这样玩儿了。

好在盾牌实验起来还是比较安全的。它的大小也是可控的，控制方法和剑一样。最小的话只能遮住她的手腕，最大的话可以遮住她的整个身体。盾牌没有剑那么亮。它几乎是透明的。但你知道它在那里，因为它会扭曲光线，就像热天里的汽车尾气一样。

我们发现它也可以用作武器，代价是在墙上击出一个洞。但盾牌的边缘很锋利……如果可以这样形容光的话。

剑和盾牌似乎是在自己发光，因为它们周围没有电磁场的迹象。我显然很费解。然而，光好像很听它们的话，就像黏土任凭雕塑家摆弄一样。

目前为止，我们没有找到任何能远距离作战的武器，但我知道一定会找到的。她蕴含着各种惊喜。我想得设法让她向外释放能量，如果可以的话，射程肯定很远。她真的得有控制力，不然很容易被敌人利用。敌人向她开火，火力足够强的话，她会害死周围所有的人。我可不想拿自己的性命开玩笑，要是她现在开始战斗，我会躲得远远的。

另一方面，如果她能集中力量发动攻势，那么她将会是敌人的噩梦。任何攻击她都会立刻还以颜色。敌人愈强，她愈强。这一点我已经知道了。但我希望我们不要太久才想出对策。

让那些有权势的人知道我们还没有在她身上挖掘出更具毁灭性的力量，这一点很重要。我担心他们一旦发现她武力有限，便会把她带走。我们必须争分夺秒，尽量了解她的工作原理，以及她除了毁灭城市和军队之外的能力。我什么都还没有告诉文森特，但是我想他会理解的。

我们现在要做的是让她走路。

我们还不能带她出去转悠。文森特还没有准备好。他几乎走不了路。

我讨厌这样说。因为他受伤，我们已经耽搁了好几个月，我知道卡拉特别想恢复训练，但文森特坚持了这么久，已经是一个奇迹。现在催促他可能会毁了一切。

我永远不会告诉文森特他们对他做了什么，因为这只会让事情变得更糟，但我真的很看不下去。我理解这样做的必要性，可我们是人，什么能做，什么不能做，应该有一条界线。

他还没有尝试扭转膝盖。他想这么做，但是我没同意。如果我想得没错，这将撕裂他大腿后仅剩的一点肌肉。而新的骨骼长出肌肉要花上好几个月。

我意识到，如果他不尝试，肌肉就不会撕裂。他一天 24 个小时都在痛苦之中，我不想再增加他的痛苦。而且在他没有准备好的情况下反复催促，对任何人都没有好处。这会摧毁他的肉体、精神，会带来怨恨、不信任，会让团队成员承受不必要的风险。

我知道他早晚要做尝试。一个月后尝试，难度并不会下降，痛苦也不会减少，他甚至会觉得更痛，因为那个时候他应该已经长出一些肌肉。但我的希望是，到了那时他能更加强大，除了身体，还有精神。

总之，我迫不及待地想看她走路。

那么我一直在隐瞒的是什么呢？不是我在造武器，更不是它会杀人，杀人是早晚的事。我一直不想承认的是，我享受当下的每一分钟。我感到欲罢不能。我是个科学家，这是我的追求。我要是能接受这一点的话，也许就能再入睡了。

我想知道奥本海默当时的想法。1945 年，他说了这样的话：

“但是你最终会认识到，我们必须做这项工作。你是科学家，你阻止不了它的发生。你是科学家，你坚信应该去探索世界，去发现真实，应该把决定权交给人类。”

TOP SECRET

File NO. 188

初步报告——冰岛航空 670 航班失踪

美国联邦航空局事故调查处

从丹佛国际机场直飞凯夫拉维克国际机场的冰岛航空 670 航班原定于 8 月 10 日早上约 10：31 起飞。10：16，波音 757-200 准备从丹佛国际机场 A-43 号门开始滑行。飞机按照地勤的指令，经滑行道 M 和 ED 到 17L 跑道，在交界处稍作停留，等待塔台下达命令，立刻起飞。塔台与 670 航班之间的全部通信复制如下。之前 670 航班与塔台的沟通无任何异常。

ICEAIR 670：塔台，ICEAIR 670 在 17L 跑道等待起飞。

塔台：早上好，ICEAIR 670。跑道只有你一架飞机，可以起飞。

ICEAIR 670：收到。ICEAIR 670 准备就绪。

塔台：ICEAIR 670，可以起飞，跑道号 17L，联系离场管制 1-2-6-1。

ICEAIR 670，你可以走了……

ICEAIR 670，屏幕上没有你的图像了。请回话。

ICEAIR 670：那束光到底是从哪里来的？

塔台：670，请回话。

ICEAIR 670，塔台呼叫，请回话。

670，请回话……

下午 12：15，调查人员赶到现场，美国联邦航空局已经进行了严密封锁。然而，大量针对该事件的新闻画面表明，跑道 17L / 35R 只有最南端的部分（长约 61 米）完好无损，其余部分和旁边的滑行道被一个直径约 500 米、深约 100 米的大坑覆盖。画面里没有出现飞机残骸和任何碎片。

证据彻底缺失，加之情况如此特殊，都清楚地表明了一点：670 航班失踪，既不是因为机械故障，也不是因为飞行员过失，而且跑道 17L / 35R 损毁并不是飞机造成的。对于此次事故，目前还没有人作出合理的解释，显然，美国联邦航空局无法用专业知识进行解释。至此，进一步调查尚未得到批准。

TOP SECRET

File NO. 189

采访国防部文职情报人员系统高级情报顾问文森特·库蒂尔

地点：科罗拉多州科罗拉多斯普林斯市附近的卡森堡

我不想说话。可以不说了吗？我……我不想说话……给我几分钟思考时间。萝斯在哪儿？我没看见她。卡拉在哪儿？我想见卡拉。

深呼吸。放轻松，我只想帮你恢复记忆。

什么记忆？我要见……

别动，躺好。

我的鞋在哪儿？

让我们先从简单的开始。跟我说说你今早醒来做的第一件事是什么。

有人把我的鞋拿走了。这是什么？这是住院服吗？我的衣服去哪儿了？

听话，躺回床上去。至少要坐到床上去。

我的衣服……

我帮你找你的衣服。你坐下，看着我，我希望你集中注意力。你今早醒来做的第一件事是什么？

今早……我……我洗了个澡，然后去了实验室。我比平日到得早。

很好，你起了个早，然后去了实验室。

我什么时候去了哪儿？

去了实验室。你早起，然后去了实验室。

是的。

你在实验室做了什么？

我练习走路……我在实验室里走了几圈……然后我……我又试着把膝盖扭过去走。

很好，我还不知道你做了这样的尝试。

我试过几次。

感觉怎么样？

什么感觉？我……

你的膝盖。扭过去之后，你的膝盖是什么感觉？

疼得要命。上个礼拜我就试了一次。萝斯一直叫我再等等，不要急。我以为你俩之前沟通过……我不知道你是否了解膝盖的工作原理，你必须用手顶住膝盖，很用力地推才行。不只是膝盖痛，膝盖的弹簧会猛拉大腿，所以腿也痛得不行。我第一次尝试，脸朝地倒下，前几次都是这样。感觉……痛死了。就像腿被汽车碾压一样。

继续说。

我……

今天早上，你提早到了实验室。

是的，我第一个到。

你试了膝盖……

我想看能不能在实验室里走几圈。我刚走了2/3的路，就摔倒爬不起来。膝盖扭过去之后真的很难爬起来。

然后你做了什么？

摔倒之后吗？什么也没做，我就翻过身仰面躺着，等其他人来。半小时之后，萝斯来了。她找来我的轮椅，扶我起来。她买了肉桂卷。咖啡配肉桂卷。距离机场2公里有一家小店，他们家的小食特别好吃。

富兰克林博士扶你起来之后发生了什么？

我们坐下聊了会儿政治，顺便等待卡拉的到来。她大约9点来的。她抱怨了一刻钟，因为我俩把肉桂卷给吃完了。萝斯答应下次多带些来，于是我们进入了球体。

我们试了盾牌，然后试了剑。我问卡拉是否准备好在房间里快速行走。我们用无线电给萝斯发送了讯息。她不同意这样做。她说我们应该就调整盾牌的大小多做些练习。我们练习了一会儿，但我心里知道卡拉也想走走看。于是我再次扭转了膝盖。我花了1分钟克服刺痛感，然后我给自己扣上链子。“你确定你准备好了？”她问道。我没有回答，所以她从她的控制站里出来，帮我进入我的控制站。

这里好冷啊。我们这是在哪儿？是军事基地吗？

我们在哪儿并不重要。你继续说下去。

我想见卡拉。她之前跟我在一起的。她在这儿吗？

我等会儿回答你所有的问题。你先告诉我，后来发生了什么事。你给自己扣上链子。你们准备试走一次。

是的。我把耳机摘了下来，但是我能听到萝斯在担心："发生了什么事？你们在做什么？回答我！"

我抬起左腿。然后戛然而止。球体在适应这个动作时，整个房间开始倾斜。我抬起右腿，然后又抬起左腿。萝斯试图保持冷静："好的，你们做到了，现在快停下，出来。"我对卡拉说，我们走到房间那头再回来。我感觉腿麻了，但我太激动了，根本停不下来。我又走了几步，然后我的膝盖开始不对劲。之前膝盖扭过去的时候，我只用支撑自己的重量，而这下我得一直抬着屁股来保持身体的平衡……

我不想说了。你能带我去见卡拉吗？

好好好，再给我 1 分钟，然后你问什么我都回答你。你把记得的都告诉我，这真的很重要。

卡拉和我第一次试走。我们只是想走到房间那头。

是的。你的腿越来越难受……

哦，我告诉你了……我……还有 3 步就要到头的时候，我的左膝折了。巨大的头部险些撞到墙上，多亏卡拉快速举起了手。我向前倒下，两只手压在控制台上。这种感觉太奇怪了。当我的手同时按下两个按钮时，我一下意识到：我们从没试过同时按下两个按钮！

我非常激动，想算一下一共有多少种组合方式。这时我发现噪音变得越来越大，我很难集中注意力。

你说什么噪音？

嘶嘶声。越来越刺耳。像相机的闪光灯工作时发出的声音，只不过比它吵得多。然后嘶嘶声停止了。

一片静默。球体外面全是白光。太亮了，我们不得不挡住眼睛。几秒钟后，我感觉房间变暗了。我环顾四周。我们好像被转移到了另一个地方。

屋顶没了。我意识到，头顶是一片天空。我们在一个圆圆的大坑里，直径可能有 500 米。卡拉抬着头。我看见巨大的头部向后斜在我的上方。台子比我们高了至少 150 米。有一架大飞机正好在边缘，飞机的尾部不见了。

我让机器人转过身，想看看身后发生了什么，这时我的腿没有一点难受。我看见坑的边缘有一座大型建筑，大部分的灯都灭了，但从我们的酒吧向外可以看到霓虹闪烁。那是 B 航站楼，B 航站楼的一大部分。过了几分钟，卡拉让我抬头看。有三四架直升机在我们头顶盘旋，我觉得应该不是军用直升机。

不，不是军用直升机，是电视台的直升机。我们的小秘密现在人尽皆知，世界各地的频道都在播。看见直升机之后，你们做了什么？

我们出了控制站，坐在房间地板中央。卡拉用双臂搂住我，帮我躺下。我们相拥着……可能有几个小时，一言不发。我一定是睡着了。我们是怎么下去的？

一支救援队用塔式起重机把你们弄下去的。

好像过了很久……我很抱歉。我非常抱歉。我们只是……我以为你和萝斯都想让我们动作快一点，只不过萝斯嘴上不会这么说。我不……我们失去了一切，对吗？所有的记录，所有……我不知道该说什么。我会将功赎罪的。我们还可以补救。

我想是没法补救了。只能这样了。

那些直升机，会是问题吗？

我们的项目会就此结束吗？我不知道。我知道事情会变得……很复杂。

现在可以告诉我这是哪里吗？

这是卡森堡基地医院。他们把你和雷斯尼克女士救出来之后，就把你们送到了这儿。

我不记得了。躺在地板上之后，我就什么也不记得了。

他们给你注射了镇静剂。你受了惊吓。他们想把你带出球体的时候，你变得很激动。他们不得不给你打一针。

卡拉在哪儿？我想见她。她还好吗？

她很好。她在另一间房休息。她在你床边守了几个小时，在椅子上睡着了。所以我给她找了张床。

几个小时？我来这儿多久了？

大约 16 个小时。现在天快亮了。

哇。萝斯在哪儿？她也在这儿吗？她……她……

她当时在实验室。

在实验室？实验室……不！她不在实验室。她去买肉桂卷了。她说她会去买的。

她没有离开实验室。

不！不！她说她会去买肉桂卷！她去了。她说会给卡拉再买一些。你瞧，萝斯和我把肉桂卷都吃了，卡拉生我们的气。所以萝斯说她会去再买一些。她不在实验室里。

库蒂尔先生……

萝斯她……她很上心。她关心我们。她每天都给我们打气。每天。小事情，你知道的。咖啡，蛋糕。她不知从哪儿弄来一些健达牌巧克力，她知道它们让我有家的感觉。她时不时会在我的控制站里放一块。

她其实可以把巧克力放在我的柜子里，或者别的地方，但她会在我来之前，专门乘电梯上到球体，想给我一个惊喜。所以你看，她肯定不会让卡拉生着气的。她肯定去买肉桂卷了。

库蒂尔先生……

她说……

文森特！！！她已经不在了。

Part 4
沉重一击

TOP SECRET

File NO. 211

采访国家安全事务助理罗伯特·伍德哈尔

地点：华盛顿特区白宫

我感觉像被校长传唤。

我看到报告了。我以为你想知道自己捅了多大的娄子。

这是个意外，虽然是可以预见的，但意外还是发生了。

我们先说基础设施。你毁了万戴沃街的两栋楼，机场一半的跑道，以及 B 广场的东端。幸好没有飞机从东端起飞。他们估计损失 3 亿美元。

我数学不太好。这个数字想必是很多的意思。

自作聪明是吧，那 311 这个数字呢？总共死了这么多人。

怎么会有这么多？你不是说被毁的 B 航站楼没有乘客吗？

楼里只有一些员工：售货员、门卫，停机坪上还有一些地勤人员。总共 42 人，都是美国人。

不过，事故发生时，有一架波音 757 客机在边上的跑道。我想不用说你也知道，上面的人都已经不在了……这架飞机几乎满员，193 名乘客，以及 6 名机组成员，都死了。大多数是冰岛人。还有 18 个美国人。

当时还有一架冲 8 客机在向 B 航站楼滑行，上面的 51 人全部丧生。你们还把一架空客 320 的尾部炸飞了，幸运的是，只有最后 3 排乘客和 1 名员工丧命，一共 19 个人。

所以总共是 311 人，包括你的一名科学家在内一共 312 人。119 个美国人，近 200 个冰岛人，24 个加拿大人，死者所属 9 个国家的政府都在公开指责我们——我可能会说这很合理——要我们给出解释。一些国家容易打发，但是冰岛肯定不在其中，他们就想找我们的麻烦。

我们真的需要将冰岛争取过来吗？

总得争取一些舆论吧。

也许吧。

就这样？你就嘲讽冰岛一句？没有悔过之意，也不道歉，只字不提你害死了人？

我说几句真心话，就能让 312 个人死而复生了？……不，没有这个可能。

有几句真心话，至少说明你还有点儿人性。反正你大概是世界上唯一一个不想提这事的人。

各国电视台都在报道这个。奇怪的是，他们大部分将重点放在了人上。

那有什么奇怪的?

巨型机器人毁坏方圆1公里，多惊人的消息。我只是觉得……

人们理解不了那部分，但是哭泣的母亲可以勾起他们的同情。我觉得他们有这样的反应很正常。

也许你是对的。你应该听听令人心碎的故事。

丈夫买了到巴黎的飞机票，想在周年纪念日给妻子和3个孩子一个惊喜。有一个14岁的孟菲斯女孩快要死了，因为她的移植心脏在那架冲8客机上。有不少双胞胎的故事，有些是两姊妹都在飞机上，有些是只有一个在飞机上。有一对年轻夫妇从泰国回到家，一直在等他们的女儿……

你不用说了。他们怎么说机器人?

说什么的都有。有猜测是一座巨大玛雅雕像的……也有猜得很准的，但是大家都很困惑那个洞是怎么来的。他们对我们第一时间给出的解释半信半疑。现在媒体说，我们设法在10分钟之内处理掉了所有爆炸残骸。

不管怎样，我们得想个对策了。我今天下午和总统会面，讨论最佳行动方案。

那就没必要了。总统已经知道要怎么做了。

你在说些什么?

我和总统今天上午见过面了，想法已达成了一致。

你竟敢背着我去找总统！他想要什么，应该是我告诉你，而不是你告诉我。

你可以去找他申诉。反正他不是非和我说话不可。

我会的。会议一结束我就跟他说。

很抱歉，这不太可能。他正在纽约会见安理会。今天下午他会发表公开声明。

他准备编一个什么样的故事？

不编故事。他会告诉大家真实的情况。

你是说，他要告诉全世界，几千年前外星人在地球上留下了巨型机器人，我们一直在地下基地进行秘密组装，并希望将机器人占为己有？

最后那句他可能会改改，但如果你下午 3:00 收看美国有线电视的新闻直播，你听到的基本会是这样。

他真是疯了。

今早我见他的时候，他似乎头脑清醒。

他说这些就是发疯！

72 小时前，一个 20 层楼高的巨大机器人弄出来一个大深坑，毁了大半个丹佛国际机场。

现在这个消息已经人尽皆知。你的建议是什么？说那是常规军演，还是气象气球？还有一点我必须指出，因为之前到处搜寻肢体，一些国家的领导人已经知道机器人不是我们自己造的了。

他这是在自毁政治生涯。

他在试图避免第三次世界大战。

你真的认为那些政府会说：“哦！外星人啊！没关系，继续吧！”？

我知道他们会有疑问，他们想要安心。但是他们也必须接受一个现实，那就是偌大的宇宙中不只有我们人类。总统希望这种意识能促使各国达成共识。

好，那我们告诉俄罗斯政府、中国政府和法国政府不就行了？为什么非得告诉全世界？万一人们反对外星人，认为这里面有政治阴谋，那怎么办？

我认为大选是他现在最关心的。

我不是说他可能会丢选票，我是担心大家都亢奋了。

不会的。大家都已经麻木了。

什么？

麻木了，没感觉了。看了那么多讲外星人的电影，早就不觉得震撼了。这是很自然的结果。

我们现在说的是真外星人，可不是电视里穿橡胶衣的冒牌货。

这不重要。你用网络游戏训练你的士兵杀戮，他们在电脑上练好技术，再用真正的武器杀人就容易多了。你认为政府投这么多钱在战争和恐怖题材电影上是为什么？好莱坞为你们干完了所有苦活。要是“9·11”恐怖袭击发生在20年前，美国早就一片混乱了。但现如今人们在荧幕上看过太多险恶，已经有足够的心理准备。我们真的不用讨论政治阴谋。

那他准备怎么做？

我的理解是，他准备提出一个折中方案。

你愿意分享那个东西？如果他们得不到，我认为他们也不会让我们得到。

所以我才说是折中方案。

所以我们要和他们分享？

也不是。

那是什么？难道要扔掉它？

没错。

违反签署过的每一项国际条约，弄死了一堆人，到头来，再把我们费尽千辛万苦找到的东西毁了，这似乎有点蠢吧。你会这样做吗？

我不会。

我想也是。

就算我想这样做，也不太可能。我是说，就算你想毁了它，也办不到。

那你准备怎么办？

我给总统的建议是，把它扔到波多黎各海沟去。

那是哪里？

波多黎各附近。

真有意思。

那是大西洋最深的地方，大约有 5 英里深。

扔进去，还能找得回来吗？

目前不行。所以才会决定这么办。

你是说，就算我们想把它找回来，技术上也办不到？

应该办得到，有一些深海工具可以下到那个位置，詹姆斯·卡梅隆就曾经乘单人潜水艇下到 6.8 英里深的地方。

你是说那个电影导演？

是的，但是“单人潜水艇”才是重点。巨大的东西用“小筏子”是带不回来的，哪怕只带一块肢体，也很难。我们可以找到它，但是我们带不回来。这是一个能解决燃眉之急的方案，但不是永久性的方案。要不了多久，新技术出现，我们就可以审时度势，考虑把它找回来了。

…………

亲爱的罗伯特，你一言不发，很少见啊。

你知道吗？我不相信你。你的话，乍一听还行，但问题是，你不是那种轻易放弃的人。无意冒犯。

富兰克林博士死了。丹佛有 300 多人死亡，如果处理不好，我们要面对的是全球冲突。所以我不同意你用“轻易”这个词。

看吧，我觉得你是个傲慢自大的混蛋，但你同时冷漠、精于算计。你是那种会为 B 计划做 B 计划的人。我绝不相信你这么大的动作会没有 B 计划。

一下给我这么多称赞。我确实有 B 计划。B 计划就是把肢体扔进波多黎各海沟，等几年后我们有能力了，再把它们取回来。

我忘了说，我觉得你是个很没有耐心的人，但是无所谓了。你有 B 计划也不会告诉我。你的团队接下来准备怎样办？我是指剩下的那些人。

回归各自的生活。雷斯尼克上尉已经去刘易斯 – 麦科德联合基地执行飞行任务了。

她不是不能飞了吗？档案里说，她的眼睛出了问题。

你应该再看看她的档案。

你伪造了她的档案?

没有。所有内容都在里面，只不过，有人可能用黑色记号笔涂掉了一些东西。

你真是个好人！我真没想到，你这么浪漫。

我没说是我涂的，我说的是“有人”。但是我这个人还是很愿意遵守诺言的。未来可能还要用她，我不想让她心存芥蒂。

那个法国孩子呢?我是说，那个法国裔加拿大人……你知道我说的是谁。

库蒂尔先生，很不幸，他只能靠自己了。

最后还是落了个悲剧收场。他为你做了那么多，你准备把他打发回家?

这是他自己的选择。我想给他安排心理咨询，还托人在国防部高级研究计划局给他找了个工作，但是他都拒绝了。他现在的状态很不好。

那你还想怎样?他现在人在哪儿?

应该在五大湖区吧。他的飞机早上 10 点就起飞了。

TOP SECRET

File NO. 229

采访美军四级准尉卡拉·雷斯尼克

地点：华盛顿州刘易斯-麦科德联合基地

过了多久了，雷斯尼克女士？

从最后一次见面算起，还是从富兰克林博士去世算起？

这两个时间不一样吗？

两个时间相差不多。我知道，你比我更清楚问题的答案。

我真的是想问问咱们多久没见了，我真的记不清了。可能有六七个月了？

9个月了。

我看你升职了，恭喜你。

别提了……升到四级准尉之后，我就没怎么飞行了。大部分时间都花在策划任务上。滑稽的是，之前我从没重视过它，每次听完任务简报，就去开直升机了。真没想到，我在上面飞 5 个小时，有人要在下面考虑那么多细节问题。现在我可算明白了。

我发誓，再多看 1 分钟的地图，我的脑袋都要爆炸了。全是沙漠地图，一张张米色的大纸，眯缝着眼几个钟头，就为了看一个小广场是不是比旁边那个高 3 米。

也就是说，你其实不想升职。

天哪，一点儿也不想！他们叫我过去，告诉我这个消息。他们说我很有领导力。但领导力和看地图、看天气报告有什么关系？

人们常常把领导和管理技能混为一谈。我同意他们的说法，你很善于启发人。不过，你可能不够细致。话虽如此，欠缺条理的人也可以与大家分享经验和智慧。

我可以问问库蒂尔先生的情况吗？

我还想让你告诉我呢。他回蒙特利尔之后就没有音讯了。已经过去 9 个月，他还是不接我的电话。也不知道他现在身在何方。

他还在蒙特利尔。看来你们已经疏远了。

我早该知道长久不了。

你们的关系吗？

不是。你提出的问题，自己却不知道答案。我本担心他有个三长两短。现在看来他只是不想与我联系，挺好的。他现在怎么样？

这 3 句话放一起，真是讽刺。

我不知道怎么跟你说。她死之后，他一走了之……他的精神支柱一下子没了。

意外发生之后，我找过你们。如果你们没有隐瞒实情，就不必为此自责。

我们没有对你隐瞒。但是我们错就错在没听富兰克林博士的话。文森特没有听，是他的腿弯折了，是他的手按的按钮。我知道我也有错，相比于他，我的责任可能更大。我作为一名军人，本应服从命令。但我理解他怨自己害死了富兰克林博士。他确实有错。但，是我们一起害死了她。

大家都知道有风险，富兰克林博士更是清楚。

自己冒险是一回事，害死别人是另一回事。陌生人的死好面对，可死去的是亲密的朋友。

她泉下有知的话，一定不想看你们自责。

我知道。她是个心地善良的人。而我依旧自责。但至少我知道我要经历些什么。我以前失去过亲近的人。我失去过家人，失去过战友。我知道会难受多久，知道接下来的日子是什么感觉。否认、悲伤、怨恨，这是一个必经的过程。但是我担心文森特，他不知道什么在等着他。我想知道他还好吗。

如果你是问他的生活情况，那你大可放心。他……你说得没错。富兰克林博士的死给了他沉重一击。但你应该这样想，他的悲痛表露无遗，说明他没有压抑自己的哀伤、内疚，以及他对那场不幸的愤怒。他在释放，内外是统一的。最终，他会好起来。

我还是担心。他平日做些什么？

我不知道他有没有收入。我去的时候，他在制作船模。

船模？……玩具那样的？

他把二战的海军舰艇做成了模型。我不是行家，但我觉得他的手很巧。

…………

有些船模将近 1000 块，很不好拼，做这个需要技巧、耐心和专注力。

…………

是的，你可以说它们是玩具。

他就做这个？

嗯，做很久。我知道这不是什么振奋人心的消息，但是他起码能投入进去。看他造一艘 1 ∶ 200 的亚利桑那号战列舰，总好过看他无所事事，整日卧床。

他作息正常吗？

应该是正常的。除了不刮胡子。咱们怎么一直在聊库蒂尔先生，我可是来看你的。说说你吧，你现在感觉如何？

我……很麻木。

什么意思？

经历过大风大浪，再看这些……原来埋头苦干的差使，现在觉得琐碎无味。什么都不重要了。你开始忽视小事，因为它们是小事。你妥协，你找理由。很快，你望着镜子里的自己，再也认不出来。

然而，你懂的，我还活着，还能看到每天太阳升起，起床的时候，想想今天可能又会比昨天好一点。大多时候确实是这样。像他们说的，生活还要继续。

你有时间休假吗？

我目前没有这个打算。

我是问你有没有时间，不是问你有没有意愿。

我不知道。我不是才休了 2 年长假吗？回来之后，我从没想过再休假。

再让你休 22.5 天的假，惊讶吗？

我都忘了自己是在跟谁说话。我想你已经给我安排好了，对吧？

是的。但我不想勉强你。你要不要再考虑一下？

可以呀，我居然“被”放了假……果然……我早该想到，你这人无事不登门。

我是专门来拜访你的，顺便看看你能不能帮这个忙。

你想让我做什么？

我想让你帮忙找一个人。

你不能找个特种部队的朋友帮忙吗？

这次行动与军方无关。事实上，不能有任何政府人员参与。

除了我……

除了你。

好吧，我要去哪儿度假？

萨拉热窝。

真的吗，希望那是个度假胜地。

你一定会爱上萨拉热窝。那是我最喜欢的城市之一。假期结束，你肯定会舍不得离开的。

我去美丽的波黑，是要做什么呢？

如果时间允许，建议你去莫斯塔尔看看。但是除了游历古城，参观热门景点，你还要去萨拉热窝电影节。

当然，我绝不会错过那个电影节。

你要去参加 *Oprosti mi, Mina* 的首映式，那是一个年轻的塞尔维亚人戈兰·鲁基克制作的一部小短片。他深得我的信任。他将是你在波黑期间的向导。

那部短片的名字，翻译过来是什么意思？

Mina 是个人名，Oprosti mi 的意思是“原谅我”。

感觉这人还不错……

戈兰是我见过最善良、最无私的人。

这话从你嘴里说出来，好像变了味儿。他准备什么时候找我？

他不会主动找你，但是首映式后，他会在 Zlatna Ribica 酒吧办一个小型庆功宴。你去参加，并祝贺他。你等四下没人的时候提醒他一句：在贝尔格莱德修水管，他还没付钱。

那是暗号吗？

不是暗号。更像一个隐喻。

你为什么不自己联系他呢？你好像挺喜欢他。或许他也想跟你叙叙旧。

我向你保证，他不会想见到我的。

你俩是怎么认识的？

战时，我曾经协助军方审问他。

你是说，你专门在他伤口上撒盐。

从个人的角度和历史的角度说，我很多所作所为是在折磨他。中央情报局给了我们一个“备选组方案”。所以应该说，那段经历再不愉快，他也还是欠我的。

你到了那边以后，买些当地服装，让他带你去斯雷布雷尼察。那是波黑最东边的一个小镇。

为什么要去那儿？

90 年代中期，数千名波黑穆斯林在那里被逮捕、屠杀。你一到斯雷布雷尼察，就去找寻一个叫法塔的女人。

她姓什么？

我不知道她姓什么。也不知道她住在哪里。我只能告诉你，她有 3 个儿子和 1 个女儿。过去，她的丈夫和大儿子都在斯雷布雷尼察的盐矿工作。或许，他们每天都从附近的一个村庄进城务工。

真的假的，你就知道这么多？你知道她可能是从哪个村庄来的吗？

我不知道。不巧，战争中塞尔维亚人还摧毁了数百个村庄。她生活过的那个村庄可能已经不在了。她现在的年纪应该是 50 岁出头。我知道她很受人爱戴，可能在做兼职护士。

那我怎么知道找没找对人？如果我猜得没错，法塔应该是个小名，大名叫法蒂玛。穆斯林妇女中叫这个名字的肯定很多。你这不是让我去纽约找“约翰”嘛。

等你找到她，自然就知道找得对不对了。跟她谈战争。她会给你讲故事。

我有多长时间寻找？

你有 2 周时间。

什么时候开始？

首映式 5 号举行。你周六出发。

如果找到这位法塔，要让她做什么呢?

什么也不用她做。我只想知道在哪儿可以找到她。未来可能会需要她。

需要她做什么?

这个你就不用管了。希望你永远也不用想这个问题，祝你在波黑最偏远的地方留下一段难忘的记忆。好了，我要失陪了，飞机还有 1 小时起飞。

先生?

嗯?

谢谢你。

TOP SECRET

File NO. 230

采访无名人士

地点：华盛顿特区杜邦环岛，新唐朝中国餐厅

开始记录。快到正午了。我在等那个上午给我打匿名电话的男人。我坐在窗边的位置。对街有一个狙击手，能清楚地看到我这儿的情况。

有一个矮壮的老人走进了餐厅。大概六七十岁，穿一件小了两个码的棕色防雨衣，包得很紧，戴了一顶有檐的帽子。他……他没有眉毛……我真希望他不是我在等的人……不幸的是，他面带笑容朝我走了过来。

先生，你好！终于见到你了，我很高兴！久仰。

我倒希望你不认识我，为了你好。请注意，我们的对话会被录音。

好的。谢谢你！你知道我是谁吗？

我不知道，也不想知道。我想听听你对我了解多少，谁给你的信息，以及你打算用它做些什么。

哦……你不高兴我在电话里提到你儿子。我不是有意勾起你不好的回忆。我说了我很同情你。我不能告诉你我是怎么知道的，但是请你相信，我不会对任何人提起，我会替你保守秘密。

你听仔细了，我只说一次。你想活命的话，就不要再在我面前、在任何人面前提起我儿子。告诉我你是怎么知道他的，给我一个满意的答案，否则你休想离开。

你不觉得这样说话很无礼吗？那是什么暗号？

暗号？

对街狙击手的暗号。

…………

好啦，你可以指给我看的。他睡得挺香的。顺便说一句，下次给他准备点儿吃的！让人家看着咱们吃一个小时，多不好。

言归正传吧，你不想猜猜我是谁吗？

不想。

拜托！猜一下吧！

你以前是个马戏团的小丑，钻火圈的时候烧到了眉毛。

好了，还是别猜了。你可以叫我：伯恩先生[1]。

这双关也太烂了。

我姓伯恩，谢谢。

[1] Mr. Burns，burn 也有烧伤的意思。

你想干什么?

我来这儿是因为我们有一位共同的朋友。你应该尝尝宫保鸡丁这道菜。

谢谢，我还在看菜单。那位朋友是谁?

我想你应该不知道她的名字。但她是个很特殊的朋友，她在你心里有很重要的地位。我知道你最近跟她失去了联系。

……继续说，我在听。

啊！终于听我说啦！现在轮到你给我听仔细了……

放下菜单，点一份宫保鸡丁。印度米饭味道也不错，但是你一定要尝尝宫保鸡丁。

我应该提醒你，我这人不懂幽默，而且没有耐心。

别谦虚啦！你挺幽默的！你这人有点儿冷漠，我同意，但你还是有幽默感的……我看得出来。好吧，看来你饿的时候脾气不太好，咱们还是继续吧。

你喜欢听故事吗?希望你喜欢。下面我要给你讲一个我小时候听到的故事。它讲到了很多东西：爱情，战争，背叛。我相信你会喜欢这个故事。

很久很久以前，有一个巨型的帝国。真的，是个巨型帝国，有几千个殖民地。统治者非常强大。他们崇尚无为而治，很少干涉殖民地的生活，他们做的只是保护居民，或者维护帝国的利益。他们非常聪明，既是艺术家，又是工程师，他们对宇宙构成的理解无人能及。没有什么是他们建造和控制不了的，他们利用能源的方式也十分独特。

有一个殖民地，生活着战士种族。他们缺少成熟和智慧，但拥有力量和勇气。他们的国王，一位传奇战士，统治着数以百万的人。他将自己国土上的矿石开采完之后，就想去征服邻国，抢夺邻国的自然资源。帝国派了几艘船来干预。战士国王被抓获、审讯，而后被判处无期徒刑。

过了一段时间，他被允许离开监狱，最终他被允许在帝国的大都会自由地生活，但是永远不能返回自己的家乡。在首都，他的职业是……他的职业很难描述，“私人教练”大概是我能想到最贴切的词语了，但是听起来很傻。反正就是在做这份工作的时候，他遇到了——遇到谁，你猜一猜？——一位公主！就是那位帝王的女儿。

他每天训练公主几个小时。没多久，他们就相爱了。地下情维持了一段时间，当公主到了适婚年龄，她向父亲引见了战士国王。可帝王不赞成。败落的战士国王又一次进了监狱。

帝王不许公主见她心爱的人，但你知道，十几岁的孩子怎么会听。实际上她还不仅去见面。一天晚上，她纵火引走牢房警卫，帮助她的爱人越狱。战士国王想要逃走，但是公主顽固得像头骡子，怎么也不肯离开家人，与他私奔。所以，她做了一件很不明智的事，她把她的爱人带到宫殿，面对她的父亲。似乎很难想象，战士国王居然跟公主去了，但就像我之前说的，那个种族智力低下。另外我们也得承认一点：但凡涉及女人，男人们都犯过傻。

所以，她站在了父亲面前。一开始是讨论，但是很快，讨论变成了争吵。你一言，我一语，火药味越来越浓。虽然这个帝国的人生性冷静，但家人总是有办法让你露出最不好的那一面。这一点对谁来说都一样。

帝王举起手打了女儿，于是战士国王介入。帝王从来没有打过人，从来没有下过诅咒，从来没有做过任何体力劳动，所以可以说，他手无缚鸡之力。没两下，帝王就趴在地上，被一把剑顶住了喉咙。因为公主的大叫求情，战士国王的剑才没有割破帝王的喉咙。这时皇家卫队赶来，逮捕了这对情人。

帝王被女儿的背叛深深伤害。但是他再难过，也不忍心杀死自己的亲骨肉。于是，他把女儿关进了战士国王曾经住过的那间小牢房。

对战士国王则是另一种惩罚。战士国王没有下杀手，帝王自然也不能杀战士国王。所以帝王放逐了战士国王——以及他的所有子民。帝王下令建造了很多船只，流放战士国王和他的子民，永远不许他们再回来。

我猜你之所以讲这个故事，是因为它会在不久的将来重现。

嗯，确实会，但这个故事很精彩。试着听完。

帝王不是傻瓜。他知道这样做对自己不利。几年、几十年，甚至几百年之后，这些流亡者可能会回来找他复仇。这件事他们永世难忘。他们会把仇恨一代代传下去，直到有一天报仇雪恨。

为了备战，帝王根据人民的形象建造了巨型机器人。这些武器坚不可摧，强大到可以瞬间毁灭一个村庄，或者杀死万人。帝王建造了成千上万的巨型机器人，并将它们派往帝国的每一个角落。

在帝国的尽头，有一个小殖民地，还处于进化的早期阶段，过去很少受到帝国的关注，但是帝王坚持要保护那里。于是派去了

12个巨型机器人，6男6女，还有一队负责组装它们的士兵。殖民地技术落后，这些移动的巨型机器人立马被视为神明。他们被叫作“tittah”。

几年过去了，几个世纪过去了，复仇者并没有来。2000多年后，殖民地的机器人被运走，只留下一个被叫作“dhehméys”的女性机器人。她被拆除，肢体散落在了各个地方，目的是等人们进化到一定阶段，再将肢体寻回、组装，倘若发生战争，可以用机器人保卫自己。

派去组装的那些士兵呢？

好问题。看来你在很认真地听。那些士兵的寿命是殖民地居民的3倍，但这仍旧是一个跨越几代的任务。召回机器人的时候，士兵的直系后裔，那些纯种血脉，也被召了回去。但几个世纪以来，一些男性士兵与殖民地的妇女结婚，有了孩子。

这些所谓的“杂种”与土著很像，但保留了父母的高智商和体能。召回机器人的时候，他们被留了下来。他们同化了殖民地的居民。因为能力强，又掌握了更先进的科学知识，所以他们和他们的子孙有不少人拥有了权力和名望。

那时候有伟人在地上，后来神的儿子们和人的女子们交合生子，那就是上古英武有名的人。

你已经知道这个故事了？

这是《圣经》里的故事。创世记第6章第4节。

我说过，这是个很棒的故事。很多人都讲过这个故事。

这个故事有多少是真实的？

可能全是真的，可能全是假的。这个你得自己判断。故事之所以存在，有的是为了消遣，有的是为了记录历史，有的是为了达成某种社会目的。我想这个故事有很多意图。

你就是他们的后裔，对不对?

我只是个爱讲故事的老人。

你能帮我们吗? 你为什么来找我?

再给你讲个故事吧。这个故事的结局恐怕没有那么圆满。

你讲吧。

开始讲了。有一个男人，他与自己的2个孩子住在森林里的小木屋。寒冷冬日，一场暴风雪就要来临。很快所有的道路就会封闭，他们将与外界失去联系。

我在听。

抱歉，听起来已经有点恐怖了，但我连枪都还没提。还是先说点儿轻松的吧? 我知道你喜欢刚才那个故事，我们索性说这个故事里的男人也是个国王。他是中世纪的一个强大国王，一个令人心生敬畏的强大战士。人们相信他有一把战无不胜的宝剑。当然事实并不是这样，他战无不胜，是因为剑术超群。

国王有2个孩子，都只有十几岁。一天，国王得去一个遥远的村庄解决争端。他的2个儿子想和他同去，但是国王担心路上有埋伏，没有同意。儿子们提出敌人可能会借机造反，于是为了确保每个人平安，国王想了一个计划。他把宝剑留给2个孩子，并故意把这个消息放了出去。这样，他的敌人会认为有了宝剑的儿子与父亲一样无敌。

国王去办事了，等他回来，发现哀声遍野。原来他的2个孩子为谁是更好的战士、谁更配拥有他的宝剑起了争执。争执之下，大儿子把剑刺向他的弟弟。小儿子苟延残喘，见了父亲最后一面，便去世了。国王抱着死去的小儿子，把剑扔进了大海，这样就再没有人会受到它的诅咒。

讲完了！结局就是这样。

恕我冒昧问一下，这个故事想说明一个怎样的道理？

噢，我觉得这个故事没想讲什么道理，没那么深奥。如果你为了保护一些人，留下一件武器，而你发现他们用它相互残杀，那么你大概会想拿回它，或者丢掉它。这是常识，真的。不过话说回来，我可能跑题了。也许这是在说别的事情。

啊！我们的服务员来了！我都快饿死了。

[两位晚上好。可以点餐了吗？]

可以了，都饿死了！让我这位朋友先点吧。

来一份宫保鸡丁。

你是个聪明人。

TOP SECRET

File NO. 233

采访国家安全事务助理伊内丝·塔比布

地点：华盛顿特区白宫

感谢你会见我，塔比布女士。

是我打的电话，所以应该说感谢的是我。真高兴见到你。希望你别因为我是女性而有偏见。

你认为我对所有女性，对有权力的女性，还是对可以决定男人或其他女人生死的女性有偏见？

我……

不管是哪一种，我的答案是相同的：肯定没有。如果我有偏见，现任美军总司令的性别，不是应该比她助理的性别更显眼吗？说到总统，她还好吗？

她很好，她目前还在适应。她想亲自感谢你，但实在抽不出时间。

感谢我?

我们的宣传做得很好，但多亏有你支持，我们才能取得这样的胜利，这也不是什么秘密。你改变了世界，从总统开始。

我没做什么。前总统本来可以选择另一条路。可他却给自己挖好了坟墓。

听起来很像“他这样的下场，全是自作自受”！如果是你，你会像他那样做吗?

我现在不是，过去不是，未来也不会是美国总统。所以你问我会不会那样做，是没有意义的。

好吧，不想回答就算了。我告诉你，如果是我，我不会像他那样做。我不会藏……你们怎么称呼那个外星机器人?“她”还是“它”?

对研究团队来说，是“她”。

嗯，我不会把她藏起来。我会把她放在白宫门口，让所有人看。

当时他担心武力展示会引起别国政府的不满。

我知道。但我没有办法理解。他早晚要把她公之于众的，不是吗?况且她已经不是秘密了，这世界上还有谁不知道她?你很清楚，她改变了游戏规则。他那样做的结果只会……没完没了。

希望你是对的。但我觉得，人们会很快回到原来的生活，就好像什么也没有发生。

我不觉得是这样。人们的生活确实不会因此出现太大的改变，无论有没有外星人，大家都还是得吃喝拉撒睡。大部分时间，生活是一成不变的。我觉得这正是人们着迷政治的原因。他们期待自己支持的人当选，然后改变他们的生活。但是这不重要。

现在，全世界的孩子们都仰望星空，想知道机器人从哪里来。他们立志成为宇航员、工程师，等等。20年后，在这些孩子当中，可能会有一个造出新引擎，让我们飞到太阳系外。只因为他小时候看到那个机器人，受到了鼓舞。

每个宗教都必须去适应。无论你信什么教，上帝都不再只是人类的上帝了——它是全宇宙的神。天堂、地狱、炼狱，无论什么，都得重新想过，重新塑造。冥顽不灵的信教者一味否认那件事的发生，但对每个人来说，丹佛出现那个坑之后，世界已经不同了。

即使是总统，也必须更改措辞，承认宇宙中有其他有意识的生命存在。你会惊讶，如果一个句子里不同时出现“上帝”和“外星人”两个词，是多么的落伍。

最重要的是，现在每个人——包括世界领导人——都知道，有一种存在能建造强大的武器，如果先进的他们要攻击我们，我们必死无疑。

他们可能会灭了我们。隔着很远就可以。

没错。这对所有人来说都是一种提醒，相较之下，我们的领土争端或贸易争端是那么微不足道。这不是一场灾难，不同于小行星撞地球，但它令人悲痛，而悲痛可以让人们凝聚在一起。我想我们的自我认知会因此改变，虽然这种改变可能是缓慢的、难以察觉的，但我知道，它正在发生。

我真心希望你是对的。我最大的愿望就是，我们大家能因为

这个发现重新定义对方。

对方?

“对立面”的意思。我是什么,不是什么。如果对方是穆斯林世界,那么我就是犹太－基督教世界。如果对方在几千光年以外,那么我就是人类。重新定义对方,你就可以消除边界。

看吧,我就知道你没那么愤世嫉俗。你正好在,总统让我问问你,觉得什么时候把机器人找回来比较好。

我告诉你前任这不是个永久性的解决办法的时候,并不是说我们可以想找她回来就找她回来。这才过了4个月。

我明白,我懂。只不过……目前发生了太多的事情。总统想要知道,她有哪些选择。

过去3个月里,科技没有突飞猛进,深海取回机器人并不具备条件。你可以告诉总统,她的选择没有变化,和4个月前一样,和闻所未闻南达科他州的巨手时一样。

我告诉过她,你会这么说……你确定我们什么也做不了吗?

是的。

是的?

是的。我确定我们什么也做不了。

那你确定其他人也没法把机器人找回来吗?失去机器人,可以,但我不想看到她出现在电视上,胸部插着一面其他国家的国旗。

我说了,科技没有突飞猛进。我不相信其他任何国家的人能神不知鬼不觉地取得重大突破。也就是说,你所说的根本不可能发生。

有人捷足先登怎么办?

要是你到不了那个深度，就算有人捷足先登，你也没法阻止。我强烈建议联邦政府加大科研投入探索深海，不如再拿出现有经费的 1000 倍吧，我敢肯定，其他政府在第一块肢体沉入海底之前就已经这样做了。

你把这说成了一场竞赛。

是的，就是一场竞赛。

所以你是说，太空竞赛又开始了。上帝知道，我们除了和俄罗斯人比赛，还要和谁比赛——去到地球的最深处，而第一个到达的将赢得这一切。是这样吗?

你刚才总结得很好。除非你能找到一种方法，把敌人变成盟友。

你的意思是，我们应该和俄罗斯合作?

我没法告诉你应不应该，我只能告诉你，你可以这样做。大部分人都忘了，1963 年肯尼迪提出与苏联合作登月。要不是他的去世，美国和苏联可能真的会联手登月。

反正我是没看到这一幕。

我想这就是你所谓“缓慢的、难以察觉的”改变。还有什么事情吗?我今天还有很多安排。

还有一件事，你能否让朝鲜停止地下核试验。

他们又怎么了?

已经是今年第三次了。不过这次看起来挺像真的。以前他们会点一大堆炸药，让我们以为他们有核武器。但这一次不同。日本人在那里探测到了核辐射。

要是别的国家，我们展示一下实力，再来两句武力威胁就可以了……但这招对朝鲜好像没什么用。我不知道他们想干什么。

先发制人？

总统认为有可能，这应该可以算是“战争行为”了。

爱莫能助。我很讨厌这样说，但我拿朝鲜一点办法也没有。他们不惧威胁，因为他们觉得自己优于发出威胁的一方。跟他们讲理是讲不通的，更重要的是，他们深信自己是正义的一方，所以你根本收买不了。自大狂妄，是出了名的难对付，还能一代代地前仆后继，我真是没办法。

……抱歉，我刚才走神了。我在想抢先俄罗斯人到海沟的事。得好好想想怎么说。我们选择去……海洋。我们选择现在去海底，以及……

你还是交给别人来想吧。

File NO. 237

采访无业者文森特·库蒂尔

地点：加拿大蒙特利尔喷泉公园

坐吧，库蒂尔先生。

其实我们可以去我那儿的。在外面挺冷的。

我已经尽力隐藏每个项目相关人的身份了，但那件事发生以后，我想见面还是选在公共场合吧。

你担心有人监听我的公寓？

不排除这个可能。另外，这个公园的秋天很宜人。你收到我的信息了吗？

我不知道那算不算信息，不过我确实收到了你发给我的两个词。很棒啊。

怎么说？

地球上可能不止那一个机器人，准确来说，可能还有 7 个。

你是怎么……

我是怎么知道的？你发给我的第一个词“tittah”，在哈梯语里是“大”的意思。5000 多年前，在安纳托利亚——也就是现在的土耳其——人们说那种语言。后来西边的人借用了这个词，在希腊语里变成了“Titan”（泰坦）。

在希腊神话中，他们是盖亚和乌拉诺斯的孩子。这也很棒。你明白吗？他们是大地女神和天空之神的孩子。他们一定知道自己是从哪里来的。

他们一共 6 男 6 女，我不记得各叫什么了，但我知道我们找到的是哪一个。你发给我的第二个词“dhehméys”和原始印欧语很像。按照发音来看，“d”演变成“t”，就成了希腊神话里的“Themis”（忒弥斯）。

我没听过这个名字。

你肯定见过她。她总是闭着眼睛，一手提着天平，一手持剑。

就是我们所说的正义女神吗？

差不多。法院前摆放的雕像比较现代，一般是 Themis 和古罗马 Iustitia 的结合。那句话怎么说来着？正义是盲目的。现在可算知道为什么了，因为她没有眼睛。

不过，我觉得叫正义女神不够准确。她还代表着法律之类的。那可能是 5000 年前“dhehméys”的意思。我十分肯定，梵语里的“dharma”也来源于这个词，意思是：宇宙秩序、宇宙共聚。她的女儿“Dikē”，是希腊正义女神。

她有个女儿?

显然不是"真正的"女儿。我不认为地球上还埋了一个小号机器人。神话就是神话，别太当真。

但你能想象吗，这些机器人走起来，四下全是蓝绿色，亮堂堂的。不过也有可能是其他颜色的光。他们那个时候连铁器都没有，更不要说电了。我真想回到过去，看看自己会是怎么反应。放在今天，肯定下巴都吓掉了。12 个机器人，在技术尚不存在的过去？肯定像神明一样。

我想知道为什么其他机器人都回去了，只有这一个机器人被留在地球上。

你为什么觉得其他机器人都不在地球上了?

我们几乎搜遍了整个地球，结果只找到这一个机器人的肢体。如果还有别的机器人，那他们的手脚肯定已经躺在我们的仓库里了。

你知道的事情，就不能告诉我吗？我不想一直猜来猜去。

我也不是什么都知道。

可不是嘛。你只是做填字游戏的时候不经意看到"tittah"和"dhehméys"两个词，于是让我帮忙寻找线索，好让你填完。这不是瞎扯吗?

注意你的用词。

你总不能谁也不相信吧。天有不测风云，如果你明天被一辆卡车撞死，那么你的秘密只能和你一起入土了。

你还没发现吗，我其实只是个旁观者。我不是外星人，我没有建造巨型机器人。我连找寻肢体和探索工作都没有参加。因

此，你100%可以认为，我掌握的信息都是别人告诉我的。如果我发生意外，那么肯定会有人顶上，而且是很多人。我相信，就算我死了，这些信息也会到达需要它们的人那里，就像当初它们到达我这里一样。

行啊，但你何必绕圈子，干脆告诉我们，我们也好出点儿力，帮帮忙啊！

你已经帮了很大的忙了。你要知道，你之所以能为这个项目做出巨大贡献，其中一个很重要的原因是，你没为不必要的知识所累。这些知识中可能会有一些对你有用，我同意，但与此同时，它们中的另一些可能会限制你的选择，把你的思绪往特定的方向上引，让你只见树木，不见森林。因为我不知道哪些信息会阻碍你的思维过程，所以我只好仅提供你真正需要知道的信息。

真的吗？之前我一直以为你是最大的幕后黑手。没想到你所做的一切是为了我好。这可让我怎么感谢你才好？

打住吧，你这阴阳怪调的，要说讽刺，雷斯尼克女士比你厉害多了。我问你，你准备好回去工作了吗？

什么工作？到目前为止，我就做了两件事，一是破译板子上的外星符号，二是学会操控机器人，结果机器人还被你扔到海底去了。在我看来，已经没有什么工作可以让我做了。

不要答非所问。我刚才问你的是准备好了没有。

准备好做什么？

任何事。我是问，你觉得自己调整好了没有。

我不太明白你的意思。

如果我对你过去这5个月生活的了解是全面的，那么你只是留长了胡子，做了一些二战海军舰艇的模型。不可否认，那些船模非常精美，能看出你有耐心，手很巧，但是谁也不会因此相信你的精神是稳定的。

我……我不知道怎么说……我精神稳定……我可以做……你不告诉我具体是什么的工作。

你和雷斯尼克女士的关系怎么样了?

我……我很久没和她说过话了。

你看看。一个你显然很关心的女人，你连电话都不敢给她打，你还说自己调整好了，准备开始工作?

等我确定以后。

确定什么?

快了。我很快就会联系她，我保证。等我确定以后。

…………

等我确定不会再摔倒。

…………

我不知道还要怎么解释。我每天早上醒来，都听到萝斯对我喊：停下。人们一直跟我说，终会过去的，有一天我将不再梦到眼睁睁看着她死去。我不相信会有这一天，但是我学会了忍受。

我是说，我当然想留下那些美好的回忆。她信任我，和我做朋友，她带我进入一个全新的世界。我至死都亏欠她。我希望我只记得这些，但这不可能。如果每天早上在她的喊叫中醒来是一种铭记，那我愿意这样。

我不能让她复生。我现在说听她的话已经太迟，而我不能保证我会永远听命于人，但我向你发誓，我以自己的性命发誓，我永远不会再摔倒。我永远不会再因为自己不够坚强，让我爱的人发生意外，尤其是卡拉。这就是为什么我要确定之后再给她打电话。

我不怀疑你的决心，从不怀疑，但是你没有办法保证膝盖不像上次那样弯折。

我一直在爬楼梯。

什么？

我膝盖转过来爬楼梯。

可能我还不够了解你的生活。你继续说下去。

我晚上在公寓里练习。我设好凌晨2点的闹钟，然后爬起来，开始走楼梯。我爬上四楼，然后下来，然后再上去，再下来，不停重复，直到我精疲力竭，动弹不得。

你多久爬一次？

回到这里以后每晚一次。我的腿太酸了，白天不能继续练，于是我就喝蛋白粉，加强注意力。我一边建模，一边用外星人的数字心算。我知道这样做可能不科学，我也很抱歉无法达到所有人的标准，但要回控制台工作，这是我能想到的最有可能的方法了。所以虽然不知道你要我做的是什么，但是如果你想重组乐队，我准备好了。我已经比上一次踏入球体时强了10倍。

重组乐队可不是一件容易的事。

……抱歉，我不是在笑你。我是笑……你刚才那句话，那是电影《蓝调兄弟》中杰克的台词。

我是引用你刚才说的话……

我知道。很抱歉。我不是有意……

……那句话是埃尔伍德说的，不是杰克。祝贺你。

我做了什么？

你让我相信，你能胜任工作。现在你只需让雷斯尼克女士也相信你。

TOP SECRET

File NO. 239

采访 BVI 公司首席执行官兼首席科学官阿莉莎·帕潘托尼乌

公司注册号 462753

地点：波多黎各圣胡安附近一处秘密地点

你好，帕潘托尼乌女士，我们又见面了。

是啊，你肯定很不情愿见我。

何出此言？你之前离开，我很遗憾。

是你……驱逐了我。

是的，我是说在那之后我很遗憾。我低估了你对团队的贡献。我认为你缺乏起码的社交技能和同理心，但我意识到你是一个才华出众的人，你的存在对我们大有益处。

而现在董事会……选择了我。这次轮到我说了算。

是的。俄罗斯政府肯定很欣赏你。但是我很好奇，你答应给他们什么，你又不了解这座设施。想必是为他们的飞行员激活控制台，让他们有能力下到海底，找到肢体？我敢说，你这样做会惹恼美国的。

我认为，你创建这个联盟也会惹恼美国的。

是的。你看，我们有许多共同点。为了这个项目，我们不惜舍弃道德与荣光，采取必要手段。我希望这种共识能成为我们合作的基础。我希望我们能……冰释前嫌。

他们把我从家中拖走……就像拖……罪犯！

他们认为你就是罪犯。听我说，过去的就让它过去吧。你知道我们别无选择，必须一起工作吧？如果你不反对，我们不妨一试。

我一直很专业。是你……针对我……

我会说我这么做很……果决。我觉得你会欣赏这种品质。相信我，如果我针对谁的话，解释机会都不会给他。所以，别再没完没了了。说点儿正事吧，建设进展如何？

…………

你不说，我是不会走的。如果你真有你说的那么在乎这个项目，你不会允许……它因为一次短暂的迁移而失败。

目前进度超前近一个月。实验室基本建……建成了，铺设轨道的速度也比之前想象的快得多。你应该叫飞行员来了。

我在想，即便如此，圣诞节之前还是不能开始训练，我们让飞行员来了做什么呢？

不做什么，没什么可做的。他们可以去海……海滩，喝饮料，玩耍。给他们几周，让怨恨慢慢消散。

你觉得他们会怪我终止了这个项目？

不，我觉得不会。但是，他们肯定会怪我。他们来之后至少有一个月对我是没用的。他们之前不喜欢我，但现在会……恨我。

这有点儿不理智吧。你们又没共事多久，他们不至于恨你。

不理智……没错。他们会莫名怪我，因为我不是她。他们会怪我，只因……我还活着。

你是说，因为——富兰克林博士？

是的。他们这种想法可能是下意识的，他们只要一想到有人替代了富兰克林博士，就会不自觉地……难受。他们会恨我，因为我和她不完全一样，当我让他们想到她，他们就会恨我。他们会恨我又让他们想起她的……死。相信我，他们会恨我的。所以我说你现在就把他们叫来，给他们一点时间来适应。哪怕他们是无……无意识希望我死，也会影响我工作的正常开展。

我尽力吧。他们可能需要一些时间来自我调适。我们还是先把这些内心芥蒂放一放，说回你已经完成的工作吧。你说实验室就快要建成了。它和我们在丹佛的那间一样大吗？

差不太多，宽比之前少了 12 米。朝向海洋的地面比……地质调查显示的更不稳定。不过别担心——她仍然有足够的空间走动，但还是要防止碰到屋顶。这里比在丹佛的时候深……很多。在我们头顶上有数百万吨的岩石和水。

铺设轨道的有多少人？

铺设轨道没有用到人力。万一有人泄露秘密，会有安全隐患。

所以，我们只让潜水员铺设了前几十米，之后就交给我们德国朋友造的火车了，它可以自己铺设轨道。其实它更像是一个轴。路的一部分在近乎垂直的斜坡上，所以轨道不会承压，这与正常火车不同。我们造的看起来像一个工字钢梁，中间有一些洞。火车驱动齿轮在梁的两侧，沿轴移动。

这个工程很棒。火车到小路的尽头铺设一部分新的轨道，然后回来取铺设下一部分的材料。刚开始的时候，每 2 个小时它就回来一次，现在它往返差不多要一天。真的很慢，但很……稳定。

你到达目标区域之后，怎么收集肢体？

我们有一个带机械臂的无人潜水艇。我们到沟底之后，会给肢体连上……浮物，以减轻肢体的重量，再通过缆绳将它们拉到火车站台上。然后我们把肢体……一个个……运回。

火车能把这些肢体拉出海沟吗？

不能。就算浮物够多，也只有一些小的肢体比如手、脚，能用火车拉上来，大腿、躯干肯定不行。轨道铺设完成时，我们会用缆绳把火车弄上来。我们有一台四层楼高的吊车。

我……我知道你对我有所隐瞒，而且你大概有很好的理由，但我觉得你不至于不告诉我，为什么这么久还没找到推进器？你没用多久就找到了其余的肢体，你现在一定找过地球的各个角落了吧。

我们没有找到你所说的推进器，因为我们根本没有在找这样一个东西。实际上，在我们找到头部之后，所有的搜寻工作就停下来了。你为什么会认为，应该有一个推进器？

我知道很多事情我不了解，但是……

这已经是你第二次说我对你隐瞒关键信息。我向你保证，我没有。

也罢。我签字之后……自然就一清二楚了。

我……

让我说完。按照我的理解，这个设备，这个机器人，是先进的……外星来物，目的是保护我们的星球不受其他外星人攻击，没错吧？

没错。

我的意思是，你确定她是……防御用的？

我认为是这样。

那怎么可能没有推进器呢？按你的描述，这东西非常强大，我相信不管敌人是谁，她都能很好地保卫一个社区，一个城市。但如果敌人攻击的是另一个国家，另一个……大陆，她打算走过去吗？又不能叫辆出租车。

如果没有推进系统，她的活动范围将非常有限，可以说……完全施展不出全力。敌人跑远一点发动攻击的话，她根本来不及赶到。如果她不能跨越海洋……那么这将是有史以来最愚蠢的防御系统。

你说得很有道理。之前居然没有一个人想到，包括我在内。我会尽快恢复搜寻工作。不过，你也说了，我们到处都找遍了，也没发现这样一个推进器。如果它确实存在，就只可能在南极了。

那块面积比我们迄今为止搜寻过的大得多，而且富兰克林博士开发的综合体也没有可靠的水下运输机制。

我们得找个专人。我是研究遗传的，不是化学专家、工程专家。

富兰克林博士也不是。

也许她比较多才多艺……但她死了。你的飞行员害死了她。所以我们要试着……接受现实。就像我说的，我是搞遗传的。我已经在管……钢铁工人和工程师了，他们说的东西，有一半我都听不懂。我们都……花了这么多钱建这个楼了，多付一个人的工资应该也不会怎么样。我们如果需要化学专家，就请一个。如果设计这个地方的工程师们造不出一个交付系统，那么就换一个工程师。

说到遗传，还有一件事需要飞行员们尽快到这儿来。要想知道他们为什么能激活这台机器，我需要研究他们的……他们的身体。我需要样本。

我可以让他们寄血样过来。

我需要很多样本，不只是血样。你尽量让他们快点来吧。

他们可能不愿意扎那么多针。

如果他们不……配合，我的工作真的很难进行下去。他们是这个等式中不可控的变量。一个这么大的项目，完全倚赖两个人，这一点让董事会不安。你和我已经讨论过这个对话，就别再讨论了。我想尽可能快一些做这测试。

我只希望你在保证结果的前提下，尽量少给他们扎针，把这些试验的疼痛感降到最低。至于董事会，你就交给我来处理吧。你的工作是让我们尽快回到正轨。我们可以等全面启动了以后再想一个应急计划，以免我们的飞行员遭遇不测。但现在，我们的飞行员好好的，你就别杞人忧天了，当下还是想想，怎么找回机器人，怎么建好训练设施。

我明白。但是我不能无视……董事会，是他们任命我为CEO。我明白在这个项目中你的诉求，但我们是有管理架构的，而且据我所知，你不是……管理者。我尊重你为这个项目所做的一切，但是我也有肩负的义务，那就是对董事会负责。

你忠于董事会，并希望尽到一个CEO的职责，这些我很欣赏。

谢谢。

我给你提个建议。你一个女人在这个位子上，最好花一些时间，好好想想自己的处境，看看你已有的认识是不是有误。你不太可能一下子了解这样一个复杂企业的权力架构。

谢谢你的建议。

TOP SECRET

File NO. 249

采访 BVI 公司顾问文森特·库蒂尔，公司注册号 462753

地点：波多黎各圣胡安附近一处秘密地点

希望你喜欢这样的设计。

怎么会不喜欢呢？我住在沙滩上！我不知道你老家是哪儿的，但对于一个终年住在魁北克的人来说，这实在是太赞了。

沙滩别墅你能喜欢，我很高兴。但我说的是这个设施。

我才来两次。我见过阿莉莎了——你知道吗？他们把她叫回来了——刚到的那天见了她一次，前几天来检查身体的时候又见了一次。

如果我没有记错，你已经来了快 2 周了。你不在这里的时间在干什么？

我在学冲浪！好吧，我在试着学冲浪。我学得不好，但是我得说，冲浪实在太……太……好玩了！我知道我这样冲不了浪，但是我一直在想，如果我的膝盖折起来，应该会容易很多。你也该一起来！来了记得找我，我很容易认，白得发亮，严重晒伤的那个就是我！

我……我非得说我不冲浪吗？我们能聊聊工作了吗？

当然！

你觉得新基地怎么样？

新基地你比我了解得多。我刚才说了，我才来这儿两次。虽然丹佛基地给我留下了很深的印象，但这个地方太疯狂了。你知道我们是在 1.6 公里深的地下吗？

我们后面有一扇门通向一个大房间，和我们在丹佛训练时的空间差不多大。这一层还有许多实验室，以及一个巨大的海滩——我的意思是，很恢宏——通向太平洋。不过我只来过这层楼，不清楚别的楼层还有些什么。

这个基地只有一层。此外还有一家 1858 平方米的机器商店、医疗设施、船员宿舍和一个发电厂。

我能问一个很蠢的问题吗？

不能。

那我能问一个很聪明的问题吗？

问吧。

你准备怎么把机器人弄出去？足够大的门我只看见一扇，直通海洋。

组装好的机器人是运不出去的。所以必须要拆解她，然后上升到岸边。在那里，我们可以把她装到船上。她的尺寸过得了海汊，所以理论上，她也可以自己沿着海岸线走上斜坡。

你觉得她能在水下行走？太酷了。

还不知道行不行。但我肯定会让她试试。确实有这种可能性。

这个基地归谁管？美国吗？

准确来说不是。这些设施为四个国家——日本、俄罗斯、韩国和沙特——以及四家公司——两家德国公司，一家美国公司和一家日本公司——共有。

好像很随机。他们是你闭着眼睛选出来的吗？

俄罗斯肯定要参与进来。我们有一次任务造成 2 名俄罗斯官员受伤，后来事态变得很严峻。

我们伤了 2 名俄罗斯官员？

我们没有伤人。是图瓦的农民干的……这个故事说来话长。反正美国想保住机器人的任何举动都将造成灾难性的后果。我不得不对俄罗斯做一些保证。不幸的是，他们的财力不足以负担一个这么大规模的项目。所以由沙特出资。日本是俄罗斯和沙特都可以接受的一个合作伙伴，而韩国是我们的产品最大的潜在客户。我们的私人伙伴带来了具体的技术。

你刚才说“我们的产品”？

我们要为成员国提供近距离防御能力。

进攻能力呢？

不提供。我们的产品只能用于抵御敌人的攻击或入侵，不能发动攻击，也不能用来对抗任何一个联盟成员。

抱歉，我还是不理解。有这样的吗？抢来一个机器人，就说是你的？

不能这么说，是谁的可能会有争议。但是对于这项技术，我们拥有超过 7000 项专利。任何人使用它，在法律上都可能构成侵权。

私人公司能从中获取什么好处？

他们缴纳的会费……很高。等加入我们组织的国家多起来，提供种子资金的人就能获得可观的投资回报。

所以我们从什么史上最了不起的发现、为了全人类的福祉，变成了靠提供武器赢利？是这样吗？

我承认，现在的状况我始料未及，但这种方法可以让我们继续开展研究，同时避免发生全球冲突。

它叫什么？

什么叫什么？

联盟叫什么。最好有个好听点儿的名字，别就叫“某某联盟”。

联盟还没有名字。我们只是在英属处女群岛注册了一家国际商业公司。

处女群岛，多浪漫呀。你觉得叫“Themis”联盟怎么样？听起来不错。

关于她的历史，我还没和任何人讲过。

为什么不说呢？

我有我的原因，但是我承认，只有注册公司确实不够。或许你可以给我们的组织起一个好名字。我希望能给大家一种归属感。考虑到在这儿工作有安保和隐私方面的限制，如何提振士气非常重要。

好吧，“Themis”这名字其实挺好的……她是盖亚与乌拉诺斯的女儿。乌拉诺斯可能有点儿青少年不宜，但盖亚不错。盖亚联盟。

我会跟董事会说的。

我们还有董事会？

这是一家公司。

好吧。我也不说什么了。买这个地方肯定花了很多钱。我们来之前，这里住了些什么人？

我不是很明白你的意思。

我是问，我们来之前，这里是做什么的？是个矿吗？

以前这里什么也没有。我们在一个国家公园下面。我们得从海里挖掘。

你在开玩笑吧。怎么可能在短短几个月之内建造这么大的场地！挖这么深，得花好几年时间呢。

大概花了2年时间。

你是说2年？

是的，我们造这个设施花了快2年时间。不过造价与用时成反比。

不可能啊。2年前我们还没把肢体组装好呢。我们还没找到头部呢。

我很会未雨绸缪。

你不担心美国政府会作何反应？你的名单上，都没有他们。

确实没有。但是美国不会受到攻击，因为我们其中的一个成员是美国公司。

我敢肯定，美国政府肯定如释重负……我有一点没搞懂。之前美国政府承担了所有的科研经费，我们用他们的军队找回肢体，而现在你却要把机器人给俄罗斯？我不知道你是怎么想的，但如果是我，我会对你这种做法不满的。

你说得没错，未来确实可能要修复一下关系。

算了，我抱怨个什么劲儿！我又不是美国人。你说我们什么时候可以重新开始训练？

按照帕潘托尼乌女士的说法，我们一个月内就能找回所有肢体。

我们还缺一个飞行员。我还以为卡拉已经到了呢。

她很快就会到的。她可能出了点儿意外。

发生了什么事情？她还好吗？

她应该没事。你可能不记得了，她是一名美国士兵，所以未经美国军方同意，我是不能直接让她来的。这个时候，不管正式还是私下，我都不能提出要一名直升机飞行员。

所以呢？

所以她会出一场交通事故，差不多就是这个时候。她会陷入昏迷。医生会确诊她为脑震荡后遗症和神经根型颈椎病，并宣布她不再适合服役。医生会建议她休养至少 6 个月。

等她来了，你也得修复一下和她的关系。你之前消失，深深地伤害了她。我真心希望你们能重归于好，但如果最多只能做到相安无事，我也可以接受。重要的是，你俩能在一起工作，以最有效的方式沟通，就像过去那样。而且你的动作得快。最近发生的事件让我不得不扩充参与者。现在有太多人要求这个项目回到正轨。

我想你不用担心卡拉。她就算对我恨之入骨，也会做好自己的本职工作。

你说得一点儿没错。雷斯尼克女士不论心里是什么感受，都会以专业的态度，竭尽全力完成自己的任务。我担心的是你。

我从未……

你不用否认。我不怀疑你完成任务的决心，但你缺少雷斯尼克女士的军旅体验。你和雷斯尼克女士好几次提到，在球体里工作，人的内心会发生微妙的变化。我担心，要是你们中有谁没有得到感情回应，球体很快会变成一个有毒环境。我觉得你无法承受更多的压力，这会影响你的状态。

我们不会有事的。

那还不够。你们要协作，要默契。

卡拉和我在一起绝对没事。她的问题比《纽约时报》上的还多，我这人又没魅力，但是我们找到了彼此。我第一次吻她，之后才多久？也就 20 分钟吧，一个精神病患者就用一辆卡车把我撞进了水泥墙。我们共渡难关。我们一起毁了一个机场，害死了我们最好的朋友，把世界带到第三次世界大战的边缘，这都只用了一天时间。

你不明白吗？我俩在一起，要么是宇宙第一大笑话，要么是上天注定。关键是，我不相信命运。我说过了，卡拉和我不会有事的。如果我是你，应该更担心我俩一起工作会整出什么乱子。

TOP SECRET

File NO. 250

采访美军四级准尉卡拉·雷斯尼克

地点：波多黎各圣胡安附近一处秘密地点

库蒂尔先生经历了很多。

你以为我就不是吗？我也在那儿，记得吗！他丢下我走了！不接电话，不回信件。不是我对一段关系要求有多么高。你需要独处，可以，但要是你离我而去，至少让我知道你还好，还有——我不知道——或许可以告诉我，你还回不回来。这样的要求过分吗？

这样的对话让我愈发不安。

请你回答我！我是在无理取闹吗？

沟通一下似乎是有必要的。

谢谢！

你突然的感激加重了我的担忧。请不要因为我刚才说的话而认为我站在“你这边”。

要是这样，你会怎么做?

我会假装你没有问过我。事实是：你我都无法知道库蒂尔先生当时想的是什么，因为没有人比他更为富兰克林博士的死自责。

你这样说很过分。我同样为富兰克林博士的死感到自责。

你能这样说很不容易。然而，我俩都知道并不是这样。用手按下按钮、导致能量爆炸的人是库蒂尔先生，不是你。

这不公平！机器人倒了！

没错，库蒂尔先生控制腿的时候，机器人倒了。需要指出的是，如果富兰克林博士是被一个大手指压死的，那才应该责怪控制手的人。你应该和库蒂尔先生聊一聊。

我们聊过了。

我不是指寒暄，我是指沟通。我上次去看他的时候，我不知道他的情绪是否稳定，不知道他是否还想回来，没错，我也不知道他是否还对你充满爱慕。但我现在知道了。虽然你可能不能理解，但是他的离开以及之后的行为都证明，他想继续完成这个项目，而且更加表明了他对你的一片痴心。

你之前说他在玩玩具。

那不是我的原话。我第一次去看库蒂尔先生的时候，可能还没做好心理准备，于是忽视了一些本该察觉的东西。现在想想，那样的描述可能让事情变得更加复杂，我为我的短视真诚地道歉。

有一件事，你说对了。不管他在蒙特利尔做了什么，确实对他在球体里的表现有帮助。我们今天早上进行了一次尝试。

在模拟器里吗?

不，就在球体里。他们前一晚找回了最后一块肢体，而且全部安装好，就等我们醒来。我不知道自己喜不喜欢这种私人公司的模式，但现在人手确实比较充足。

海水有没有造成什么损坏?

球体里面没有湿。反正一开始我们花了点儿时间适应，一个半小时后，文森特就带着我们跑开了。跑步啊！上次我们摔倒，他还走不了几步，现在他都可以跑了……他甚至可以边走路边控制工作台了。我都不敢相信他所剩的肌肉能做这个。

有志者，事竟成！我没想到在这么大的水压下，球体还能保持密闭，我想知道我们能不能让机器人在水下行走。

阿莉莎先你一步想到了。我们计划周五的时候在海汉试走。如果能行得通，我们就离陆地再远一点，潜入水中去尝试做一些动作。她希望我们去探索如何让能量集中释放。这不是个馊主意。万一出事，也只是害死一些鱼，不会伤及无辜，毁掉基地……像上次那样。

她什么也没跟我说。

我不惊讶。我不喜欢她，可我得承认她很努力。但是她总给人一种不太对的感觉。在丹佛是这样，现在还是这样。

她说过你不会喜欢她。

以前我也不喜欢她。

她说你不会喜欢她，因为她不是富兰克林博士。

哦，那就说得通了。我还以为是她的缘故。

撇开你的个人好恶，她做过什么令你讨厌的事情吗？

做过，她总是给我找事儿，而且越来越频繁。我来这儿才 3 天，已经叫我去医疗湾做了 4 次汇报了。

我来第一天，她就让我抽血，抽了好几管。我猜是为了取DNA。

她是遗传学家。

要我说，她是有点儿疯狂的科学家。第二天早上，我又被叫过去抽了更多的血。她让我做了半个小时的核磁共振。我没有幽闭恐惧症，但是我真的不喜欢那种机器。她把我当成实验的小白鼠。她什么都不解释，也不告诉我做这些是为了什么。她可能认为我太笨了，理解不了。

晚饭后，我正准备洗澡——那天我很累了，想早点睡觉——却听见对讲机里叫我的名字。"卡拉·雷斯尼克，请到医疗湾一号报道。"……我到了那儿，她在我的胳膊上做了静脉注射，准备让我做 CT 扫描。我注射了碘，还没缓过劲来，她又告诉我，准备做脊椎抽液。你知道脊椎抽液的针头有多粗吗？

疼吗？

我不知道，我没有做，我扯掉手臂上的输液管，回到了自己的房间。我想肯定很疼。

你刚才说，她叫你去医疗湾 4 次，这才 3 次。

是的，今天早上她又叫我去做报告。

你这样一带而过，应该是没去吧。那样做可不太明智。她应该不会允许你不去。

她得知道，不顺心之事十有八九。管她呢，她还能拿我怎么样？难不成拖着我去？

很有可能。

那她试试吧。她到底想做什么？富兰克林博士之前已经确定过，我们的 DNA 与常人没有任何不同。

我也不太清楚。我只知道，她想弄明白两件事，一，为什么头盔只有戴在你和库蒂尔先生头上才有反应；二，应该如何破解。

是啊，她曾经公开说过。她是想要再建一支团队。她说当务之急是让头盔适用于任何人。她要找一个有文森特那样的腿的人恐怕很难，可要是头盔不挑人了，她就可以换掉我。

在我看来，她并不是想换掉你，她只是不希望某个人的健康状况或者意愿影响整个项目。就这一点，如果我说我不担心，那是在骗你。想消除机器人这个威胁，只要杀了你或者库蒂尔先生，这简直太容易了。

我明白。我只希望她不要太快找到方法。我觉得如果有选择的话，她肯定会换掉我的。

你为什么觉得她不想看到你？

哦，相信我，她很想换掉我。如果你爱上一个人，结果可能会是一厢情愿。但憎恨往往是相互的。如果你讨厌一个人，那个人肯定也不喜欢你。

我没想到，你如此讨厌她。

可能我说得夸张了。我并不是恨她，我只是很厌恶她。我觉得她讨厌我。

我希望我能帮上忙，但可惜，我和她的关系解决不了所有问题。她是个强硬的女人，有时可能太过固执。她的决心是值得称赞的，但是她有些……忤逆。

你是说，她并不全听你的？这会儿我开始喜欢她了……

我是说，我担心我会越帮越忙。

我只是心存感激，她暂时还能容忍我。

说到心存感激，我想起来，我好像还没有对你在波黑所做的一切表示过感谢。

不用谢。你说得对。我去机场的路上才发觉，我舍不得离开那里。那里的人太……太强大，与此同时他们又太脆弱。感觉那里的一切越来越……

真实。

没错。谢谢你派我去。

谢谢你找到法塔。

别客气。我也不会忘记她，那个可怜的女人。她经受了……我不知道该用什么词……非人的待遇。什么样的禽兽会对别人做出这种事？

战争带来黑暗，可有的时候也带出人性的光辉。

说到战争，我有点担心我们正在做的事情。一开始，它只是个科研项目。我不是学物理或者相关专业的，但我还觉得有点像做科学。现在不一样了。这不再是一个科研项目，而我又开始有了士兵的感觉。

已经在这个项目上砸了太多的钱，所以不太可能不投入使用。未来，我们会带她出去，我们会杀人，成百上千……数以万计的人。你不能直视她，因为她和人一样，女人的身形与面庞，但她是武器，至少我们把她当成武器。如果我们发现一枚炸弹，一枚巨大导弹……

如果发现一枚巨大导弹，你还会是我们的一分子吗？

可能吧。要是驱动它的不是我，可能会容易些。可是现在没有别人。好吧，还有另一个人。但是我们被派出去，就没法选择了，只能来一个杀一个。

你知道的，他们根本不知道自己在与什么为敌，不知道自己没有一丝胜算。我想说的是：作为一支庞大军队的一员比孤军奋战更容易。

你是独自一人，还是在成千上万人的军队里，这不重要。你可以自己选择。你总有选择的权利。你应该庆幸要做选择的时候已知赌注是什么。

我不太理解。

你在控制一个强大的武器，但它是一个为近距离战斗设计的武器。也就是说，你可以一直选择攻击的目标。这个选择很好做。夜袭时做一个摧毁一座桥的决定比这难得多。你只是从不花时间去想。摧毁它可以阻止敌人到前线增援。但那座桥也可能是平民逃生唯一的路线。你能救多少人？你要杀多少人？这是一个复杂的决定，尤其是没有——

谁的电话在响，你的还是我的？

应该是你的……

那肯定是你的。

确实是我的。看来这时候很多人找我。

找你干什么?

刚才在黄海，朝鲜击沉了一艘韩国军舰。他们正在向朝韩军事分界线派兵。我想你……

是的。我们正在部署。

Part 5
严阵以待

TOP SECRET

File NO. 251

任务日志——美军四级准尉卡拉·雷斯尼克

地点：韩国非军事区附近的坡州

能听见吗，雷斯尼克女士？能听见的话，咳嗽一声。

咳嗽一声？我干脆回答你吧。我听得很清楚。我把和阿莉莎的连线切断了，她听不见我们说什么。

很好。你们在哪里？

在坡州。我们正沿着公路，朝边境走。刚才是沿着河边走。

有韩国军队尾随吗？

没有。之前过河的时候有一些军队，但是他们没有跟来。好戏要登场啦。哦，高速公路上有辆小吉普车一直在我们旁边。我想它应该是在护送我们，虽然听起来很傻。

你感觉如何？

僵硬。浑身酸痛。

有什么事情我不知道吗?

没有，什么事也没有。能有什么事。你知道我们多长时间才到这儿吗? 11天! 在一个货柜船里待了11天，就给我们个硬板床。

我们真得着手运输肢体的事了，敌人可没我们有耐心。这件事情倒给了我和文森特一个说话机会。

开始和解了?

额……我们能下次再聊这个话题吗? 我现在有点儿事情。你是从哪儿给我打的电话?

北京。我还有几个朋友在这儿。我想办法给你多争取了几天。

我觉得你在哪里都不可能有朋友。

欠我人情的都可以叫朋友。我让他们尽量拖延平壤那边。

看来挺有效果。你知道吗，我没想到居然有这么美。

你在说什么?

这里呀。我没到过韩国，更不要说边境了。在我想象当中，非军事区应该——我不知道——破破烂烂。开了一半的犁矿山，遍地都是弯曲的铁丝网。但这儿看起来像一个国家公园。到处都是草，满眼绿色。一切太美了，保护得很好。

你能等1分钟吗? 我有个连线进来……

嗯，阿莉莎。我们进入了非军事区。我们已经走过去了1.5公里——那地方叫什么来着? ——朝韩军事分界线。我从这里可以看到一个检查点。或许这么做有点冒险，他们可能已经看到我们了……谢天谢地，没有看到我们，相安无事……嗯。我们一到边境，我就联系你……

你还在吗？我的麦克风老是掉。我能听见你的声音，但是你可能听不见我的回复。

没关系，把频道开着，让我能听见就行。

好吧，现在风平浪静……

阿莉莎，是我。我刚才在和文森特说……一些与你无关的事情。告诉你一声，我们快到边境了。我可以看到1公里外的军队……我不知道，我看到很多坦克，也许超过200辆。我猜那是一个旅。有很多的步兵……

我怎么可能知道？他们在帐篷里。我可以告诉你，这里不超过5万人。肯定不是全员出动。我觉得他们不太像要真的出兵。我猜他们只是摆摆架子……

你确实问了我的看法。你想让我告诉你，一共有多少兵力。既然我们来这里是为了阻止一场入侵，那么我告诉你，这里兵力有限，不足以入侵。

当然。我们可以走到边境，但他们现在就可以看到我们，如果这就是你担心的问题……我们在走。正在走……

文森特，够远了。好了，我们到边界了。到篱笆这了。60米开外，大约有100人，几辆卡车……不，阿莉莎，他们没动，只是注视着我们……我都说了！没人朝我们射击！……在哪里？

哦，没错，我看见他了。那边300米的地方有一个家伙拿机枪对着我们……你想让我做什么？朝他大喊？“嘿，你在干什么！别拿枪对着我们！”喊这句怎么样？

你在开玩笑吧？我才不会因为一个孩子拿了把玩具枪就走进朝鲜。也许他就是害怕了……我们不能开枪，阿莉莎。如果他再靠近，我们可以打他，但是现在隔这么远，我们拿他没办法。不行，阿莉莎，没人袭击我们。我不管你多想展示你的新玩具，现在可不行，因为没有危险迫近……

你那边信号不好吗？我说不行，不能为了好玩，去挑衅50万人和一个装甲师……

不要越过边境。我不管帕潘托尼乌女士跟你说了什么，不要越过边境。

这是命令？阿莉莎，你确定？我觉得这更像是建议……

那开除我吧！我们被派到这里，是要阻止入侵。现在我们知道这不会发生，那就应该收拾东西回家了……文森特，掉头。我们走。文森特，听见了吗？

不许越过边境。你听见了吗？！

我们没有越过边境！文森特！走啊！我不想说……那是什么？……

我听见了，阿莉莎。我想我们被射击了……我不知道，可能是火箭筒。你那儿不是有摄像头吗，你告诉我，是什么击中了我们……我不知道它是从哪儿来的——应该就在近处。我只是余光瞥见……

肩膀……不，我们没感觉到爆炸，更像是震了一下。我的外套紧了一下，但是那……等等……来了！！！

雷斯尼克女士？发生什么事了？雷斯尼克女士！？……

……我们被击中了！我们被击中了！……一枚反坦克导弹，从西边射过来的……我刚才感觉到了。应该没有大碍，但是我的外套给了我一些反馈。感觉好像电击。文森特，你刚才感觉到了吗？……

是的，文森特也感觉到了。文森特，我们最好开启防御。我怀疑如果不回击的话，我们还能承受多少枚导弹……噢，有人能让那辆吉普车闪开吗？

当然，阿莉莎，他们在向我们射击。他们有一个20层高的外星机器人。他们根本不知道……又一枚！来了！

开启防御！前进！前进！前进！向左，文森特！向左……好了！

你们看见了吗？

这是个反问句吗？我可是在中国接听你的电话。

不，阿莉莎，那是另一枚导弹，可能是一枚AT-5。我是说你看见那光了吗？我抬起我的手臂，及时用盾牌挡住了导弹。奇怪的是——盾变平了，而且变亮了，我的意思是，变得更亮了。那一瞬间，我们根本不能直视它。我不知道它为什么会变成那个形状。

好吧。这确实很有趣，但我们还是趁它没失控之前，赶紧走吧？……是的，带我们原路返回。阿莉莎，我们正在返回……

你一定是在开玩笑吧。多长时间？好的。

文森特，有两架米格式战斗机正在赶来。3分钟后到达……是的，我的意思是我们原地等候。你掉个头。我可不希望他们开火击中我们的后背。阿莉莎，我们在300米外。我们不准备动了，我们要等米格式战斗机来。我要把我的通信关闭1分钟。

你能先停一下吗？

你是说我吗？

是的，阿莉莎听不见我说什么。你有什么办法让那些米格式战斗机掉头吗?

很抱歉，我做不到。

好吧……给我讲个精彩的故事怎么样? 我有 3 分钟时间。

你想听什么故事?

只要能转移我的注意力，你讲什么都行。

我不相信导弹能摧毁你们。

欢迎你亲自到这儿来感受一下。

还是下次吧。

跟我说说北京吧。

这你可问错人了。我对这个城市全是不好的记忆。我说的话已经不客观了。

好吧，那跟我讲讲你的童年。讲讲狗。

你刚才违抗了直属上级的命令。

哦，那个啊……如果你说的“违抗”是指没有按照她说的做，那么是的，我违抗了她。

我们之前讨论过，作为一名军人，你应该服从命令。

很明显，我不太合格。

…………

我不知道怎么给你说。这不是军队。

如果下命令的是富兰克林博士，你会听吗?

应该不会。好了，我错了！下不为例！我想阿莉莎短期之内不会开了我的。

她可能别无选择。或许我不应该在这个时候跟你说这个，但要是现在不说，我怕在你返回波多黎各之前就没机会说了。有一件事情我得告诉你……

好吧，那你赶快说。

阿莉莎已经找到飞行员替换你们。她希望你和文森特一回去就开始训练他们。将接替你那个控制站的是一位以色列飞行员。

她能力如何？

她是他们找到的最佳人选。我没有见过她，但是我看过她的档案。我相信你们会相处得很愉快。问题主要是替换库蒂尔先生的那个人。

怎么说？

帕潘托尼乌女士没有直说，但是我听说，不久前有一位监禁在卡森堡的军方飞行员被释放了。

军方飞行员……难道是瑞恩？你在开玩笑吧？

我也希望我在开玩笑。但是米切尔先生刚被释放就买了到圣胡安的飞机票，你还能想到别的原因吗？很抱歉让你知道这个坏消息。

天啊？！文森特会作何反应？……不，文森特，没事！好吧，有事。我晚点再跟你说，行吗？……

她要是觉得文森特会训练瑞恩，她真是疯了……但你刚才说得没错，你可真会挑时候……

唉。

哦，天哪。他们来了。先不说了。

祝你好运。

…………

雷斯尼克女士?

…………

雷斯尼克女士？你还好吗?

TOP SECRET

File NO. 252

采访盖亚联盟首席执行官兼首席科学官阿莉莎·帕潘托尼乌

地点：波多黎各圣胡安附近一处秘密地点

她走了。卡……卡拉走了。

不可能。

她走了！你……听见我说什么了吗！

你从一开始就讨厌她，这下她走了，你很失望吧。

别跟我说你赞同……她。她违抗……上级命令！如果是按军法处置，她早就被……送到军事法庭审判了。早就进监狱了。这你是知道的。

是的，如果是按军法处置，她应该会先坐牢，然后被开除军籍……除非她接到的命令是非法的。你无权让她走进朝鲜。这一点我很清楚。朝鲜没有发动进攻，只不过在境内出现了一些正面冲突，这一点你同意吧。我支持雷斯尼克女士的决定。我更关心的是，你为什么无视我的指令。

你不是我的上级，但我是她的上级。我给她下达了指令！她……不光违抗命令，还耍我！

你理智一点。

她违抗我的命令！

你想发动一场战争好吗？！你非要认为她是针对你？

这件事情我跟她没完。

你需要她，多过她需要你，这一点你是知道的吧？

用不了多久。很快。很快了。相信我，她休想再踏入那里一步。休想！

你是说，你已经找到办法解锁头盔了？

是的……还没完全找到。我还需要用她的头来启动头盔，但是我想我已经找到一种方法骗过头盔，她脱下头盔以后，头盔还以为她正戴着。我还在找一劳永逸的方法。

你能先不声张吗？我不希望她因为被你夺走控制站而丧失帮忙的热情。

希望吧。我需要更多样本来进行验证。

你可能不知道，雷斯尼克女士不想再被针扎了。

她想不想已经不重要了。我会……我会有办法的。

我很愿意去和她谈谈。我能说动她做更多的实验，但是你绝对不能勉强她。我希望你答应我这一点。

这个世上很少有板上钉钉的事情。但是有一件事可以肯定，那就是你可以被换掉，但是她不能。你不能越界。界线很清楚。如果那条界线开始模糊，欢迎你打电话告诉我。

这个项目怎么推进，我自有打算。我……之前还不想这样，不过现在看来是早晚的事了。我已经见过董事会了，我现在告诉你，从今天起，他们不再需要你的服务。我们感谢你为这个项目所做的一切。如果不是你，我们不可能走到现在这一步，而我们会一直感……感激你的帮助。你出去的时候，警卫会收回你的证件。

你已经见过董事会了？

是的。

你知道，你所谓的这个“董事会”，是由一个低级的俄罗斯情报官员，一个退休的韩国将军，一个阿拉伯王子的儿子，和四个不能乱说话的私人公司律师代表组成的。如果你要列一张清单，上面写上没有能力解决当前问题的人，那么“董事会”肯定要排第一。当然，你肯定会出现在清单比较后面的位置，但尽管如此，你还是无法应对接下来要发生的事情。

你……你在说什么？

你还云里雾里呢，是吧？

那你告诉我呀。

大约 12 天前，你又一次告诉世界，那个强大的外星机器人能够在任何一场地面冲突中扭转局势。你不听我的劝，执意让她行进到朝鲜边境。你挑衅成功，朝鲜军队发动攻击，你以此证明机器人有多大的破坏力。你的这种行为不仅让亚洲国家之间关系紧张，还与美国为敌，也许——这样说可能有歧义——还将无比强大的力量拒之千里。

我们没有以美国为敌。朝……朝鲜不是一个友好的国家。

美国政府不惜重金搜寻和保护那些外星机器人的肢体，给这个项目拨了巨款和资源。当全世界知道了机器人的存在，他们又费尽心机，避免国际冲突，不让她落入其他国家手中。说穿了，是你偷了她，然后拿出来给大家看，还在朝鲜非军事区整出一个小镇那么大的洞。

我什么也没偷！全是你的主意，是你说把她从……海沟里弄出来！基地建设开始很久以后，你才让我加入的。

你之前也强调过了，我现在和这个项目无关，所以看起来你要负全责了。

我只是按董事会……的吩咐行事。如果要用机器人作威慑，我们至少得告诉世界，她有什么能耐。别担……担心我。我知道我在做什么。

很可惜，你不知道。太显而易见了。你要是还有一点脑子，就不会在清楚了解她所有能力之前带她出去，更不会这么草率地把她带回这里。

那我应该把她带去哪里？

带到俄罗斯的基地，或者别的地方。反正你不该把她带回这里。

俄……俄罗斯的基地还没建成。

在你带她出去之前，你就应该想到。这绝对是你用一艘船把她带回美国领土之前应该好好想的。你花了一个多星期的时间运输，现在全世界没有哪一个政府不知道机器人在哪里。

这个联盟有 3 个国家，你已经属于其中一国。但是你却决定把机器人带回一个有权夺回她的国家。有一件事是可以肯定的，你永远不能把她带离波多黎各了。我还预计董事会会反对你的这一决定，因为你成功地将他们的投资交给了美国。

这件事发生以后，我去了几次总统办公室。他们知道你的动向之后，已经准备好下令封锁。美国海军陆战队还没有冲到这里来的唯一原因是，他们还没搞明白你怎么会做出这么愚蠢的事情。

然而，他们已经在海岛周围部署好了半个大西洋舰队。从波多黎各海岸向外延伸 9 海里，已经被他们包围。相信我，任何国家都不会跨越这条线，特别是俄罗斯。你也休想。

其他联盟国呢？

沙特没有能开这么远的船。就算有，他们也不会开过来的。至于韩国，他们不会擅自进入美国领海。

那我们应该怎么做？

你要么相信俄罗斯外交官会想出办法，要么交给我来处理。无论你怎么选择，我都建议你找几本好书，因为你要在这个综合体里面待一阵子了。

我不能做这样的决定，我还没有问过……

董事会。是的，你还没有问过他们的意见。现在，俄罗斯和韩国应该已经意识到你做了什么，但是你的私人合作伙伴会很高兴有个人来解释一下，为什么他们的业务黄了。

你在幸灾乐祸，是吧？

我没有幸灾乐祸，帕潘托尼乌女士。

你有。你……你本可以提醒我。

要是我之前提醒你，你会听吗？我跟你解释过好几次，你只能在没有退路的时候用这个武器，而且只能用于防御。事实上，我还特别告诉你，绝不能被误认为在发动进攻。但你还是让它去了韩国非军事区。

那个时候正面对直接威胁。

朝鲜军队集结……在朝鲜境内。那也能叫直接威胁？

他们集结在边境。

朝鲜只有俄亥俄州那么大。从地理上说，他们很难集结得离边境很远。

随你怎么说。回来的路上你也可以提醒我。如果你想提醒我，吃晚饭的时候你也可以说啊，我们当时又没赶时间。之后一个星期你都有机会告诉我掉头。

没错，我选择了不告诉你。

我说过。我不了解你。我知道你不喜欢我，但是我万万没有想到，你居然为了看我出丑，故意……破坏整个项目。

我猜这是为了你的大计吧。现在得逞了？你一举拿下，省得麻烦，然后就可以自己运作这个项目了？

放心吧，帕潘托尼乌女士，我不想抢你的位置。我也不想看这个项目失败。我招募的这些人确实对我有好处，他们好不好，对我来说非常重要。我希望你与雷斯尼克女士握手言和。

如果她不愿意，我也没有办法。

她还住在综合体里，每天都来上班。她花了1周时间坐一艘货船去韩国执行一个本不该有的任务。我想，她之后对你在她身上取样做了一些限制。即使是在这样的特殊时期，她仍然有这个权利。

你并非反对擅自动一个人的……身体。

对你也是一样。

我不知道你在说些什么。

……或许吧。你刚才是说库蒂尔先生的腿吗?

是的。

那位未经库蒂尔先生同意擅自手术的医生对自己的行为供认不讳。

库蒂尔先生当时到底知不知道，你准备对他的腿做什么?

他知道不做手术就会失去双腿。我想不管他承受了多少痛苦，如果再让他选一次，他还是会选择做手术。

不管怎样，如果雷斯尼克女士不愿意做更具侵入性的实验，我建议你设法让她同意。在此期间，我要回一趟华盛顿，看看是否能设法解救你。

谢谢，我会去找……

董事会，没错。

我会去找董事会，建议他们留你下来做顾问，但是我不能……不能保证任何事情。

非常感谢。

TOP SECRET

File NO. 253

KH-9 卫星（大鸟）记录——地理空间情报监视

地点：弗吉尼亚州尚蒂伊国家侦察办公室

[11:30] 移动注意。大鸟与波多黎各同步。现在离开观测模式。启动人工跟踪。

[11:31] 男人，女人，代号 A、B，出现了，正沿着高速公路支路步行。

[11:39] 一些人走出综合体。一共 8 人，全副武装。代号：C1–C8。

[11:42] C1–C8 进了两辆小型载货卡车，停在了综合体外面。车向西行驶。

[11:46] 跟踪。车靠近 A 和 B。两人离开支路，穿过树林往北去了。

[11:47] 车停下了。C 步行跟上。

[11:52] B 倒下了。

[11:53] A 向北去了。B 还没起来。

[11:54] C1 – C4 在 B 旁边停下。C5 – C8 还在向北。

[11:56] C1 – C4 把 B 拖上了车，B 可能已经死了。

[12:01] A 跟丢了。C5 – C8 慢慢停下，分散为两组。

[12:08] C5 – C8 不再跟了。正返回卡车。

[12:17] 卡车准备开回综合体。

[12:24] 卡车回到综合体。所有人进入了。

[12:32] 没有更多活动。现在回到观测模式。

TOP SECRET

File NO. 254

采访盖亚联盟顾问文森特·库蒂尔

地点：波多黎各圣胡安贝泰酒吧

雷斯尼克女士呢？我以为你俩一起来呢。

她来不了。

你没等她？

我没有任何办法。她被电击枪击中。我试图帮她，但是他们抓住我的肩膀，我向后倒在山坡上。我醒来的时候，距离海岸已经有30米远。

他们没有追你？

我不知道。我没看到人，不过我没仔细看。也许他们忙着控制卡拉，也许他们不太在乎我。

相信我，他们很在乎你。即使帕潘托尼乌女士设法让头盔接

受了其他人的控制，她也需要人来操作腿和控制台。你是唯一一个能搞懂八进制的人。

八进制没那么难。可以学的。

我当然知道可以学，但你也是唯一一个腿部能与控件兼容的人。其他人都得转过去，背对控制台。他们是可以在另一边设第三个飞行员，但背过去的那个人的动作很难与另外两个人协调。所以，要是能抓住你，他们肯定先抓你。卡拉比你容易替代。

你怎么到的圣胡安？

岸边有一艘小船。我游到船边，告诉他们我是乘船来潜水的，但是船开走了。我说的应该是这个意思。你知道我的西班牙语说得不好。不管怎样，他们把我带到了普拉亚·沙地那拉海滩。我乘公共汽车到的这里。

很聪明啊。事情怎么会变得这么糟？在综合体里，发生了什么？

我们逃跑了。

我是问此之前。你们什么时候决定逃跑的？

昨天。其实是今天，但昨天就开始计划了。

跟我详细讲讲。

昨天我起得有点晚。我没有洗澡，就跑下楼吃早餐去了。他们用内部通话系统给她打了一个电话。

给雷斯尼克女士打电话？

嗯。她说她一会儿就回来。还让我看着她的咖啡，别让服务生收走了。

然后呢？

然后我就在那里等啊，等了半个小时。她迟迟没有回来，我就去她的房间看看，去医疗湾。门是关着的。我开始敲门。大约 5 分钟后，门开了。你知道吗？开门的竟然是该死的瑞恩。

我知道。

你不觉得你应该告诉我吗？

下次再说这个行吗？刚才说到，雷斯尼克女士在医疗湾……

是的，我想去救她。她躺在一张金属桌子上，昏迷不醒。她的胳膊和腿都被绑着。她一定是经历了一场恶战。瑞恩的眉毛没了，应该是帮忙按住她的时候弄的，两个警卫有可能制不住卡拉。阿莉莎肯定制不住卡拉。

瑞恩抓着我。他说没人要伤害卡拉。我不相信，于是我奋力反抗，但是他比我劲儿大。阿莉莎也在那儿，她从抽屉里拿了一支什么，扎进我的脖子。我醒来的时候，就在自己房间了。

他们对你做了什么？

我不知道。我醒来的时候头很痛，但是现在没事了。

你的背没事吧？

没事，为什么这样问？

上次执行任务之前，阿莉莎给你做了什么实验？

她派我去圣胡安照 X 射线，取了一堆样本。

什么样本？

应该什么都有吧，采了很多血，还有唾液、精子、头发。为什么要问这个？你觉得她想干什么？

我不知道。你是怎么救出雷斯尼克女士的？

不是我。我想他们利用完卡拉，就把她放了。我看到她的时候，她就躺在我门口。

她怎么样？

情况挺严重的。不知道阿莉莎给她注射了什么，反正她还不清醒。她抓着我的手，我们躺在床上，直到天亮。我醒来时她已经穿好了衣服。她看起来很紧张。我们都知道，我们必须离开那里。

你们是怎么计划的？

我们没有计划，只是试图走出大门。警卫接到命令，不让我们出去。我知道卡拉想硬冲，但我觉得打不过4个持枪警卫。于是我把手放在她肩上，制止了她。过了几分钟，她终于放松下来。她打消硬冲的念头之后，我们回到我的房间，开始谋划如何逃跑。

你们想怎么做？

我们一开始没有头绪。那里只有一部电梯，而且戒备森严。我们只可能从水下舱或者通风井走。我俩都不会驾驶潜艇，所以第一条路行不通，但是通风井有1.6公里长，我们也想不出怎么爬出去。然后我突然想到：汉·索罗。

…………

汉·索罗，星球大战里的。“如果他们严格按照帝国舰队规程来做，他们会先把垃圾扔下，然后进入光速飞行，然后我们就可以慢慢飘走了。”

那有什么帮助吗？

今天是垃圾日。他们1周倒一次垃圾箱，会有一辆卡车来收所有不能处理的金属、各种各样的废料。如果我们偷偷钻进一个垃圾箱，他们就可以把我们和垃圾一起带出去了。

我没想到雷斯尼克女士会同意你的计划。

我也没想到。老实说，我也没有十足的把握，但有一点我们很清楚，那就是得赶紧离开。我的计划至少比坐以待毙要好。

听到门关上了，我们就爬出垃圾箱，开始走。还没走出 1 公里，就听到他们派来找我们的卡车声。我们穿过树林，一路狂奔。他们还是追上了我们。之后的事情你已经知道了。

我们不能丢下卡拉，让她和一个神经病在一起。

我同意。

那你有什么计划？

我没有计划。

你不能派一支海军陆战队吗？

不能。

三角洲部队之类的呢？

我也希望我能，但我已经无权调兵。美国政府现在不会搭理我了。

你在别的地方肯定有朋友。

我与几个国家有联系，但如果你所说的“朋友”是受过军事训练、愿意到美国一个敌对环境完成一项救援任务的人，那么很抱歉，此刻我没有这样的朋友。不过我还可以支配一大笔资金，如果给我足够的时间，我可能可以召集一支雇佣军，但是想要在几个小时，或几天之内办到肯定是不可能的。

那你需要多久？

最少两三周时间。

她没法在那里待 2 周。她朝不保夕，现在就可能有生命危险。

不会的。他们不会杀她。我说这话可能有些不近人情，但她确实是一项宝贵资产，杀了她的话，可能会造成无法弥补的后果。我知道，她在那儿肯定不会很愉快。帕潘托尼乌女士会尽一切可能探究是什么让她……那么特别，但是她不会杀雷斯尼克女士。

我知道阿莉莎不会故意杀她，但是你知道卡拉的性格。无论是谁她都敢反抗。我怕她会做傻事。我知道他们吩咐过警卫，不要伤害卡拉，但要是卡拉先揍他们，他们会站在那里挨揍吗？那里有很多枪，让人精神紧张。万一枪走火怎么办。

我建议你和我一起回美国去。我们可能可以说服总统办公室，对他们最有利的做法是配合我们。

你需要我做什么？

我一踏入白宫的门，就会被他们逮捕。如果他们决定让我在监狱里待几天，那么你可以自己去传达这个信息。

在你表明意图之前，他们是不会逮捕你的。你去吧。你可以说服他们帮忙。我就不去了。我留在这里看看有什么可以做的。

你留在这里又能做什么呢？你一不认识这儿的人，二不会讲这儿的话。你准备在哪儿藏身？

我不准备躲。你说得没错，在这里我点咖啡都有困难。我要回基地去。我想他们会让我回去的。

他们会把你关起来，再也不让你出来。

我不这样认为。我会告诉他们，我意识到这个项目是我的全部，我哪里也不去。一开始他们肯定不相信我，这太明显了，但是如果我用行动证明给他们看，他们会愿意相信我的。他们也希望我回去，不可能不让我回去。我很肯定，他们会给我一次机会。

如果他们真的接纳了你，你准备做什么？

等着装甲部队来。确保卡拉没事。

如果我失败了呢？你在拿自己的生命开玩笑，你会再次失去自由。

我可能会想办法。我会想一个比躲进垃圾箱更好的办法。我会设法搞清楚阿莉莎在做什么。我的意思是说，如果她想把我们当成囚犯，那自然不能指望我们多么配合。她肯定会有行动。可能她已经开始在做什么了。

在她驱逐我之前，她暗示过要设法在你们启动头盔后，让头盔继续运转。听她的口气，这更像一个计划，而不是某种功能。

我觉得不是。要是真的靠谱，她自尊心这么强的一个人，还不冒险把各种方法都试一遍？肯定没那么容易。她没法让头盔一直运转的，每次肯定都要用到我们，只不过可能不需要我们那么配合。要达到她的预期效果肯定很难，我想不出她会怎么强迫我们。

请你还是别管调查的事情了，想想怎么逃出去吧。我担心的不只是阿莉莎会对你和雷斯尼克女士的生命造成威胁。就算装甲部队来了，也不见得是件好事。

管它呢？

这个计划里有太多的变数。美国政府可能只想止损，然后消除威胁。

你是说，把我们都炸飞?

没有那么夸张。要是波多黎各的一个国家公园被炸飞，舆论会对政府施压的。

这下我放心了。你刚才说得好吓人。

我推测，海汉附近有几枚鱼雷还是好的。

很好。如果受到攻击，我们都会瞬间淹死。

你不再考虑一下回美国了?

我不能把卡拉留下。而且如果有来生，我不想一直听见我是如何让她独自淹死在波多黎各的。

TOP SECRET

File NO. 255

采访“烧伤”先生，职业未知

地点：华盛顿特区杜邦环岛，新唐朝中国餐厅

我在去白宫的路上。

我知道。真刺激！这时候你还想吃饭，你肯定是饿坏了。

时间很宝贵，所以我不会轻易浪费。我需要你的帮助。

你，让我帮忙？你真是饿坏了吧，你从离开圣胡安起就没吃过东西了。

我能问问，你为什么对我的行踪了如指掌？

很有趣，对吧？

什么？

你肯定觉得很奇怪，因为一般只有你对其他人的情况了如指掌。

可能吧。但是每个人都能猜到，为什么我能获取那些信息。

理论上说，你和我的圈子不一样，所以说，你拥有不为人知的庞大信息网。

我且当一个拥有不为人知庞大信息网的人在恭维我……我给你讲过那个故事吗，渔夫与……

没有，你没讲过，我也不打算听。没时间听你讲故事，也没时间听你打比方。我只想听事实和办法。如果你不能或不愿意帮我，请不要再耽误我的时间。

那就不讲故事，但是那个故事很精彩，不听可是你的损失。我得走了。

请不要走。如果你在担心最近朝鲜发生的事情，我向你保证，我已经尽我所能去制止了。

我，担心？你要是知道过去……过去几年我目睹了什么，你肯定不会这样说。我无意冒犯，但是说真的，我高估你了。我真的以为你理解了。我不应该说这么直接的，抱歉。

我究竟有什么重要的事没搞明白？

我不知道从哪里说起……哦，我知道了。首先，那与你无关，你这个自大的家伙！在宏伟的计划中，没人会管你赞成与否，没人会管你想阻止什么，早餐想吃什么。这是一个宏伟的计划……

第二，那也与我无关。如果你要征得我的许可，我受宠若惊，但是最后怎样，我说了可不算。他们担心，那才是你的问题。

我很清楚自己历史地位的渺小，相信我。可我还不知道你的历史地位。我怀疑你的历史地位比你希望我认为的更高。

在你评判我，乃至评判我们所有人之前，你必须明白一件事，那就是虽然我会尽我所能不惹恼先进技术的拥有者，避免世界末日在近期或远期到来，但是我的要务是确保这一发现不会到处引起混乱。

当然！你有你的工作。你不用跟我声明。

[先生们晚上好，可以点餐了吗？]

一份宫保鸡丁，一壶凉茶。

我也要一样的……你或许还有救。

你会帮我吗？

我很想帮你，去找点乐子吧，虽然你不喜欢乐子。你想谈论世界末日，人类的最终审判。那些都不好玩。为什么我们不做一些帮助你放松的事情呢？你搭过棚子吗？就像搭小房子。我们可以一天搭一间，在完工的时候，你会产生难以置信的自豪感。

我感觉局面已经超出了我的控制。

你知道问题出在哪儿，不是吗？你觉得全世界的命运都落在了你的肩上。你知道这对你的健康有多不利吗？

请你告诉我。

如果我告诉你，你不用为最后的结果负责，你的感觉会好些吗？

你知道会发生什么事吗？别让我求你。

我知道你很痛苦，但是你要注意一下自己的表情。你不能面无表情地说这些话。你看这样如何？老实说，我真的不知道你怎么才能阻止无比强大的外星人来地球。我和你一样，也不了解他们。除此以外，现在你应该意识到，我已经告诉你了很多我不该说的东西。我希望你明白——这部分可能更难理解——我告诉你的越多，事情只会越糟。

他们就不能忘了我们吗？

不可能。他们擅长做记录。现在你们也很有趣。从进化的角度来说，他们所监控的系统大多与自己相似，因而无趣，还有一些系统处于他们的早期发展阶段，往往没有感情生活，甚至没有复杂的生物。你们的“成年”是一个罕见事件，令人兴奋，而且十分重要。你可以相信我告诉你的：他们在密切注视你们。

我们的成年？

是的。现在发生的这一切，是你们的成人仪式。你们可以和原子玩，可以与大人们坐在一起。

对我们来说，成年意味着什么？

意味着你们如果再犯童年的错误，就不会被原谅了。

如果连他们期待我们做什么都不知道，我们怎么为自身行为负责？

他们对你们没有期待。我说了，他们不是殖民者。他们最不想做的就是干涉。

我不明白，他们不希望我们用他们留下的武器互相残杀，但是我们用自己的武器互相残杀了几千年，他们连眉毛也不动一下。

他们没有眉毛，你会发现，这是他们一个很显著的特征。

不管怎样，你能告诉我这两者的区别在哪儿吗？

没有区别。他们不在乎你们是用棍子还是用他们建造的东西互相残杀，甚至不在乎你们是否相互残杀。他们会心满意足地看着人类彻底毁灭。你们的灭绝无关紧要。

所以，要是我们证明不了具备驾驭机器人的能力，他们就会来收回她，是这样吗？

如果他们认为你们不具备驾驭机器人的能力，那么是的，他们要么把她收回，要么把你们送回石器时代，让你们再进化 1000 年。

如果他们决定消灭我们，他们会派多少机器人来？

他们不需要派机器人来，从轨道就可以把你们杀死。但要是派机器人来的话，我想 6 个就够了，派 100 个的话可以速战速决，1000 个的话会更快……你懂我的意思。

如果我们用那个机器人和他们对抗，在战斗中有胜算吗？

我想应该没有。你要记住，你所拥有的机器人已经 6000 岁了，是个古董。

不过世事难料，你们命大也说不定。他们的武器可能已经更新换代了很多次，但是根本上是不变的——聚能。他们现在的机器人和你拥有的大同小异，只不过更加厉害。

所以现在我们最好什么都不做，而是期望他们大发仁慈，是吗？

希望不是！我认为你应该放宽心。如果他们决定要消灭全人类，然后从头再来，那么无论你们做什么都无济于事。如果是我，我宁愿出去逛逛。

我认为我们的机器人在剑战中不可能取胜，至少在我们的飞行员的操控下不可能。

你也许是对的。要是我，我会在战斗的时候保持一定距离。

用剑的话，我们要如何保持距离？

剑？你摧毁丹佛国际机场用的可不是剑！

所以，能量爆炸是一种武器。我们之前认为，这可能是机器人选材时的一个连带问题。可能是我太笨，我不明白在非常有限的范围内做一次全方位能量爆裂，如何能成为一场保持距离的战斗。

思路不错。这个问题你必须自己去想。我能说的真的都已经说了。你应该去开会了。这顿饭我来埋单。

我能问个问题吗，你为什么要帮助我们？这不是违反规则吗？

我只是一个喜欢讲故事的老人。如果你真的疯狂到相信他们的存在，那我也没有办法。

但是为什么？为什么你不愿看他们来对付我们？

我住在这里。我知道人是什么样的，我认识很多善良的人。我不希望厄运降临在他们身上。

我很清楚你出生在这里，在很大程度上，你是人类。你不告诉我们如何与他们战斗，但是你告诉我们，我们应该与他们战斗。你提到他们的时候，说的是“他们”，而不是“我们”，这有些蹊跷，但是还不止这些。当你谈到你的祖先时，我感受到一种熟悉的情绪。我甚至不能触碰它。也许是愤怒……怨恨？

代词的选择很有讲究。

他们把你遗弃在这里，是吗？

我出生在密歇根。

你的祖先。他们故意把你的祖先遗弃在这里，与人类融合。

他们让高度进化的你们——可能是科学家、精英——与半身裸露、没有代步工具的原始人共同生活。人类具有的生理渴望是本能的需求。生孩子，但你们知道孩子不会出类拔萃，因为你们会教孩子做……普通人。我没法感同身受，但我觉得你们心中应该有恨。

说得不错！你说对了一件事：你根本不知道这些人经历了什么，感受到了什么。在你走之前，我还要多说一句：别老担心！你不是已经尽力了吗？

我担心我尽力了，却还是不够。

尽人事，听天命。你只能尽力而为。走吧。下次轮到你请客，你必须听我讲渔夫和海鸥的故事。对了，你欠我一个人情。很大的人情。

因为你给出的建议？

不。

那我欠你什么人情？

你以后就明白了……但是你肯定欠我一个人情，可别忘了。

File NO. 256

任务日志——美军二级准尉瑞恩·米切尔

地点：波多黎各圣胡安附近一处秘密地点

你在哪里，米切尔先生？

我在阿莉莎的办公室。我闯进来拿她的电话和钥匙。你得帮帮我，先生。拜托！我得救她出去。你能帮帮我吗？

我想你说的是救雷斯尼克女士。她现在有生命危险吗？

她和阿莉莎在医疗湾。她……他们在她身上动手脚，先生。

谁在她身上动手脚？

阿莉莎。她……听着，我现在没时间给你解释，我得去那儿救卡拉。你能派些人来吗？

现场已经有一支海军陆战队了，但是在没有搞清楚状况之前，他们不会轻举妄动。

我可以告诉你！你让他们行动起来！他们想知道什么，我全都告诉你。他们得动作快点！

米切尔先生，海军陆战队不是我派去的，所以他们不会帮助你。他们是去逮捕你的，是去逮捕基地里所有人的。

什么……我……我不管！让他们行动起来！让他们逮捕我们。我们现在得救卡拉！

我被判卖国罪，受到通缉。在美国政府眼里，你，雷斯尼克女士，库蒂尔先生，我们都是卖国贼。

那为什么还不行动，为什么还不逮捕我们？

我也不知道，米切尔先生，但如果是我，我不会冒着生命危险走进一个可能充满危险且只有一个入口的地方，尤其是还没有出口。

你在说什么，先生？

我在说，如果你想让海军陆战队进去，你得给他们开门。

我可以给他们开门。

我在开玩笑！那个基地有 10 多名武装人员。他们中的大部分都是退役军人。他们会毫不犹豫对你开枪的。

我告诉你，先生，我可以办到。我可以保护基地。

你有军械库的钥匙吗？

我正在去军械库的路上……先生？

你说，米切尔先生。

我知道，如果不是你，我现在还在卡森堡……对不起，先生。我知道这话说了没什么意义，但我还是想为我之前所做的道歉。

…………

我到军械库了，正在找钥匙。应该是这个……

你对谁开过枪吗？

没有，先生，但是我不准备杀人。

你没有能力让 10 多个人放下武器。

先生，我因为企图杀害文森特，落得这般境地。我不准备用杀人来将功赎罪。

米切尔先生，你听我说……

没事的，先生，我知道要找什么。我记得他们为摆脱海上入侵者准备了 XREP 枪。

我对武器不太了解。XREP 枪是什么？

它会射出一种非致命的电子弹。比泰瑟枪小，价格不菲。反正军械库里肯定有很多，但是我只找到 3 盒子弹和 2 把枪。我就拿一些震爆弹，多拿一些绝缘胶带。

绝缘胶带？米切尔先生，我强烈建议你……

你说得对，先生，我单枪匹马是办不到的。

你现在准备去哪儿？

生活区，那里应该只有一个人把守。我不希望惊动太多人。现在得停止说话了。

……米切尔先生？

…………

你在吗？

在。我刚才想把警卫打晕，但是打歪了，只击中他的脖子，所以不得不再来一次。现在，如果我能找到那把钥匙……除非……太棒了！好家伙。他把钥匙挂在脖子上。

什么钥匙？

这家伙现在肯定不想看到我……

你好！我需要你的……别……住手……你能不能……不要反抗了！

我需要你的帮助！卡拉有麻烦！卡拉有麻烦，而我需要你的帮助，才能救她出来。你可以选择相信我，帮助我，或者回房间去，要是你再发出声音，我只能把你也打晕。

你在跟谁说话？库蒂尔先生吗？你告诉他，我失败了。告诉他，装甲部队来不了了。

他说，装甲部队来不了了……你知道是谁。他！这会儿你能安静1分钟吗？帮我把这个家伙拖到这来。现在你用这把钥匙，把这条走廊的每一扇门都锁上。从外面锁。基地还有12个警卫。如果幸运的话，他们可能还在自己的房间没有出来……

库蒂尔先生没有受伤吧？

嗯，他没事。我看他应该没事。他比我印象里强壮多了……你好了吗？

你在跟我说话吗？

现在我们这么干。拿着这些，放进你的口袋。我知道是绝缘胶带。枪也拿着……

不，我不是让你开枪。我是让你先拿着，等我子弹用完了，把它递给我，然后你重新上好子弹。这是一把莫斯伯格500散弹枪，共有 5 发子弹。你这样上子弹……这里还可以上一枚……

不，文森特，我们不杀人。这些子弹都不是致命的。你还好吗？你行吗？好。现在上子弹。

库蒂尔先生没受过军事训练，你让他做这些，后果可能是你俩一起被抓，或者一起被杀。

别担心，他可以的……不，文森特，你做得很好。还有一个……没错。

现在机器商店是关着的。船闸与动力工厂也是关着的。也就是说，所有的警卫应该都在入口处或在主走廊。包里有一些眩晕手榴弹，看见了吗？等下我们到了走廊，你拿出两个手榴弹，拔出插销，倒数三个数，然后尽量往远处扔。这应该可以拖延一会儿那里的警卫。希望我有时间对他们开枪。然后你跟在我后面，把警卫的手用胶带缠上……

不，那个不是。我倒希望它是。那些手榴弹会制造很大的噪音，枪也是。不管是在走廊还是入口处的警卫，他们要么等着我们，要么来找我们。无论发生什么，我们都得随机应变。有必要的话，你就开枪，然后上膛，再开枪，再上膛，就像电影里那样。

米切尔先生，我不小心听见你不够严密的计划。你确定不换个武器？我是不是该提醒你，你费尽心思不去伤害的警卫用的可都是实弹？

这一点我很清楚。文森特，你准备好了吗？太棒了！你跟在我后面……

我们到主走廊的拐角了。我看见有两个人靠着墙说话，还有两个人坐在一张桌子前。不，是三个……手榴弹从袋子里拿出来。记住，我倒数三个数，你把它扔出去。尽可能往远处扔。对了，别去看。我来倒数，三——二——一……扔！

…………

一个警卫。

…………

两个。

文森特，快！

三个！

四个！

…………

五个。别动了。五个！

好了，文森特，把他们缠起来……不，不是这样缠，手要缠到后面。像这样，用力拉，要缠紧。

干掉了四个警卫，外加文森特门口一个。阿莉莎在医疗湾有一个警卫，所以大门口应该有不到六个警卫。文森特，散弹枪递给我，你上子……趴下！……

米切尔先生，你中弹了？

浴室里有一个警卫。他听见我尖叫，从后面进来了。文森特，枪给我，你从包里拿一枚手榴弹……准备好了吗……五，四，三……

那谁！你可能听不见我说什么，但是我的朋友要把你的手绑到后面去。要是你再动，我就开枪了，所以……你别动了。文森特，把他绑起来！快！快！

我们这边好了。剩下就是大门口了。文森特，从包里拿一枚手榴弹。咱们走！

有可能我一开门，他们就会朝我们开枪。你准备好手榴弹。预……备……文森特，别拉那个呀！快点，往浴室扔！快！快！

怎么了，米切尔先生，回答我。

大门口只有两个警卫。现在他们的枪放在地上，手高举过头顶。我猜还有几个警卫在自己的房间里。嗨，伙计们！……是的，我不请自来。不介意的话，请把手背在脑后，好让我的这位朋友把你们绑上。几分钟之后，海军陆战队就会冲进来逮捕你们。文森特，快点！

我们就快到医疗湾了。阿莉莎那儿应该有一个警卫。文森特，你想替天行道吗？……把手榴弹扔过去，把警卫干掉……

卡拉被注射了镇静剂，绑在桌子上，我想这下你迷惑不了她了……去吧，到里面去！

先生，我告诉过你，交给他，不用担心。你应该知道，那孩子自始至终都在微笑。我想他提高了捆绑技术，可能还挺高兴。我只希望他别知道阿莉莎在做些什么。

你是说，别知道帕潘托尼乌女士在收集样本？

她不是收集样本，先生。我打电话给你，就是这个原因。我发誓，我一开始答应的时候压根儿不知道她想干什么，我只是想要帮忙。

我相信你。那你现在跟我说说你看到了什么。

你知道阿莉莎一直在收集卡拉和文森特的样本：血液、皮肤、体液。今天早上我去找她的时候，她让卡拉……卡拉没穿裤子……我问怎么回事……阿莉莎说她正在从卡拉的卵巢里取卵子。

所以你反抗了?

我还没说完。她告诉我，明天她准备做体外受精。她能那样做吗，先生?

我对体外受精的了解非常有限，但我认为她手头没有必要的设备。不过，她那里有低温材料。她可以冷冻卡拉的卵子和库蒂尔先生的精液，然后拿到外面的诊所，将卵子和精液解冻，那些存活下来的可以培育几天。现在大多数诊所都可以做所谓的囊胚期胚胎移植。

我不……

人类胚胎的发育，从一个受精卵分裂，发育成为囊胚。5天之后，合格的囊胚可以转移到母体，有可能受孕成功。

你是说，移植到另一个女人体内?

是的。

太疯狂了!

确实。你的干预很及时。

我要是早一点知道，肯定不会答应帮她。你知道我不是那样的人，对吗先生?

嗯，你已经告诉我了。

文森特和卡拉又在一起了……你好，睡美人!你说她不在那里是什么意思?

雷斯尼克女士不见了?

不，是阿莉莎不见了……你确定到处都找过了？……我知道那里很小。听着，卡拉几乎站不起来，要不你们蹲下找找看？

我不知道该说什么，先生。我们到处都找过了。20 分钟前她还在这儿。除非她去了某个警卫的房间，否则我们肯定会撞见她。她不可能出去。

倒是有这个可能。综合体是她监的工。

我得找到她。

让海军陆战队找吧。雷斯尼克女士可能需要紧急救治。你现在应该让海军陆战队进来。

我这就去。我要告诉他们阿莉莎在做什么。

不行。他俩都经历了太多事情，你不能再用一件他们无能为力的事情来加重他们的痛苦。

先生！1 年以后他们的孩子可能就出生了，可他们现在还蒙在鼓里。

就算他们有一堆孩子，你也不能告诉他们。米切尔先生，你听明白了吗？

先生！他们有权知道。

他们确实有权知道。我会找一个合适的时机告诉他们。

你能保证吗？

可以。你现在打开门，让海军陆战队进来。

好的。我进电梯了。海军陆战队进来之后，会把我们怎么样？

会逮捕你们，很有可能对你们进行单独审问。我觉得他们会问得……很详细。之后会怎么做我就不知道了。好一点的话，应

该会让你回卡森堡继续服刑。倒霉的话，我们都会被毒死。

我应该跟他们说些什么？

很不幸，现在美国政府了解得一清二楚，你说不说已经没有差别。所以让自己少受点儿罪，他们想听什么，你就说什么吧。

好吧，谢谢你，先生，感谢你所做的一切。我打开大门了。什么事也没有……

你们好！欢迎来到波多黎各！啊！拜托！我给你们扫除了障碍，你们这群笨蛋！非得绑这么紧吗？！老兄，拜托！疼！……

TOP SECRET

File NO. 257

采访国家安全事务助理伊内丝·塔比布

地点：华盛顿特区白宫

在我逮捕你并判你叛国之前，你还有什么话要说？

我没有叛国，但是随你怎么说吧。雷斯尼克女士和库蒂尔先生还好吗？

你的飞行员还在波多黎各受审。他们没事。你们可以像幸福的一家人一样受审。

你我都清楚，我不会受审。我们这个圈子的正义变得飞快。突然一下，悄无声息地就变了，而且据我所知，都不用白宫开会。发生了什么事？是总统亲自阻止了你，还是你想逮捕我的时候有人插手？你还是个新手，我告诉你，杀了我可不是个好主意。

她说这件事她会亲自处理。你是怎么知道的?

我不知道，看起来这样挺合理的。

合理?你用美国政府的钱资助这个项目，用美国的直升机、无人机、美军部队在世界各地定位和搜索肢体——而且是非法的——在这个过程中，你还害死了几个美国公民和外国公民。你在美国土地上组装它，花美国政府的钱让美国科学家研究它的工作原理，在美国的一个基地——后来你还摧毁了它——把这个国家带到了战争的边缘。

美国总统听了你的建议，同意把机器人丢进海里，你称之为临时手段。然后你转个身，把它给了俄罗斯和阿联酋。我总结得到位吗?在你看来，这难道还不算卖国?

我应该先回答哪个问题?

你想先回答哪个，就回答哪个。

不。

你一个不想回答?

你的第一个问题，我的回答是“不”。

哪一个问题?

“总结得到位吗?”

有什么我没说?

你一开始说的，尽管冗长又夸张，基本还是准确的。除了直接参与这一项目的个人，美国政府是主要功臣。至于后半部分——“把它给了俄罗斯和阿联酋”，就有问题了，你忘了韩国。最重要的是，我没有“给”任何人任何东西。首先，我无权给。

第二，当然不是免费给的。

我其实没兴趣听你废话。

但你还是问我了。之前我们说过，你的计划是逮捕我，并判我卖国投敌。至此我们都知道，这个计划没法实现了。现在我给你另外一个选项，这个选项对美国大有好处，我也不用突发心脏病，或者被蜜蜂蜇而毙命。

不过是为什么呢？为什么总统不想逮捕你？

这个你得问她了。

她知道，是不是？她早就知道。前总统知道吗？

我……

别回答。我知道你不会告诉我。原来如此，你一开始就是这么计划的。

你刚才让我不要回答。

我不明白。

那不是玩笑话。

我不明白这样对我们有什么好处。

也许不能逮捕我让你感到无能，进而影响了你的判断。我再重复一次刚才讲过的话。我没有给任何人任何东西。首先，我无权给。你们也无权给。前总统之所以同意把机器人扔进海里，正是因为这样能避免全球性的冲突。这个你同意吗？

这重要吗？我姑且同意你的说法。

为什么它会导致全球性的冲突？

因为俄罗斯不会让我们占为己有。

没错。俄罗斯不会让我们那么强大。不止他们。这会让中东地区陷入更大的动荡。中东地区肯定会战火纷飞。亚洲也会感到不安。

所以你的观点是?

你无权保留机器人，我想我不必说服你了吧，它同样也不属于俄罗斯。

那不是我的观点吗?

没错，俄罗斯很清楚这一点。现在他们骑虎难下，机器人被扣留在美国，你认为俄罗斯人还会像过去那样声讨美国吗?

我知道你想让我回答“不”。

那中东呢?假如说，阿联酋一直在参与……那欧洲呢?亚洲呢?德国公司加入联盟，会有帮助吗?日本，韩国……他们现在可能失去一切，你认为他们还会试图阻止美国来合资吗?

很聪明。我明白了。我们跟俄罗斯分享它，他们就会让我们……

差不多是这个意思。但是你没说最精彩的部分。我刚才说了，不是免费给的。为了找回机器人、建设波多黎各基地，参与进来的国家花了 2000 亿美元。如果美国想单干，那就得自掏腰包。可私下完成这些事情是不可能的，因为你不可能神不知鬼不觉地调用 2000 亿美元。

很聪明，又给我们省了一大笔钱。你想从我这儿获得什么，一块奖牌吗?

一句感谢就行。

我还是不明白，如果总统已经知道——看起来是这样——那为什么不让我参与你们的大计?

我不能告诉你，总统知道什么，不知道什么，这不是我的职责。我跟你的前任说过好几次，许多时间跨度超过 8 年的事值得关注。因此，也有许多事情这个办公室不会知道。至于计划，你得明白，就算真有，计划也赶不上变化，所以永远不可能跟你说清楚。机器人已经引发了太多动荡，其中一个原因就是它被一国占有。假如前总统同意与其他国家一起分担压力，分担费用，那我当时就会召集感兴趣的各方，开始在波多黎各建设基地。

你是说，在我们丢弃机器人之前，就让他们在波多黎各建设基地?

我认为，我是个信守诺言的人。

我或许不会因为你这样一句保证，就投资 2000 亿美元。

这是保证项目在一两年内不陷入停滞的唯一途径。我们团队复工的时候，就需要开始建设基地了。假如我当时承诺将机器人沉入海底，那么丹佛的事故就是一个完美的契机。

也就是说，我不理解他们为何如此匆忙公开展示，更不理解他们之后为什么把机器人带回波多黎各。

假设……

不，这是事实。我想我可能还得谢谢这些白痴。要不是他们这么弱智，你我可能要到几年，甚至几十年之后再进行这次对话。

那要怎么做呢? 我们与韩国、俄罗斯、阿联酋签订协议，让机器人 1 年巡游 3 个月? 你知道，我们永远无法用它来对付任何一个合作伙伴。

我想现在是时候宣布坏消息了。我接下来要说的，你听了不会高兴。

目前为止我也没有感到高兴……

你们不是和 3 个国家共享它，而是和 192 个国家共享。

你想把它交给联合国？

不，是你想。

我为什么想那样？

必须如此，所以我建议你找一个好的理由。如果你想不出来，我可以给你一些建议，世界和平就不错。关键是必须由你们提出，必须让财团深信，你们永远不会同意释放机器人。

这下我们真的没法再利用它了。

本来就不行。现在你应该很清楚了。无论是谁，都不能用这个机器人来攻击同类。这意味着，你不能炸梵蒂冈，即使他们不属于联合国。但你与其为所有本来可能出现的伟大战役而伤感，不如向你信仰的上帝祈祷，请求我们永远不必使用它，因为必须使用它的那一天将会是世界末日。

往好处说，我相信联合国会答应免去你们一大笔债务。你们可欠了联合国很多钱。是的，你们偶尔可以带机器人出来巡游，虽然不能 1 年巡游 3 个月。

你对我说过，这一发现将彻底改变我们对自己的认识，化解人类内部的一些分歧。我真心希望你当时是认真的，因为今天，你和你的总统要为全人类做件好事，而不是像一些中央情报局的分析师说的，做可能有助于稳定中东局势或降低油价的事。你要做的无疑是造福全人类的事。告诉我：这种事情多久才会发生一次？

如果我拒绝呢？

我尊重你的选择。实际上我一直尽力在让你选择。但是这件事由不得你。你可以考虑几天再答应，我会立刻放了雷斯尼克女士和库蒂尔先生。

总统压根儿没有提到你的飞行员。他们还是要接受审判。

你好像对审判很执着。如果你很想审判，你可以审判那些警卫。如果你能找到帕潘托尼乌女士，我强烈建议你起诉她。

你是说那个你选的项目负责人，那个把所有人关起来疯狂实验的精神病？

是的。如果你能迅速逮捕她，我会很感激。但是这几个飞行员必须释放。

我可能没有权力逮捕你，但是我不必听命于你。

你是不必。你应该和总统聊聊，然后做出你的决定，请不要考虑我。你知道她会做出对她有利的选择。美国把外星机器人交给世界，创造第一支地球武装力量。这是美国总统给予全人类的希望。我想到时候会有游行和焰火表演，以及一场非常长的鼓舞人心的演讲。飞行员不被判卖国罪而死的话，演讲稿会比较好写。你们不拖出机器人的话，游行也会比较好看。

…………

我们今天的对话结束了吗？我还得赶飞机。

TOP SECRET

File NO. 263

采访美军四级准尉卡拉·雷斯尼克

地点：波多黎各境内的美军设施布坎南堡

真不敢相信，瑞恩居然成了英雄。太讽刺了。

他确实帮助你和库蒂尔先生逃了出来。

没错，他是帮我逃了出来，但要不是因为他，我会进去吗……还进去两次？他是个混蛋。他就爱装腔作势。

他有的时候确实这样，但是你也得考虑另一种可能性，那就是他做这些并不全是为了自己。

他只是想让自己好受些。他觉得内疚。

救赎不是我能想到的最坏动机。我怀疑在帕潘托尼乌女士联系他时，他都没有搞清状况。

可真是后知后觉。你为什么突然为瑞恩辩护？之前是你把他送进监狱的。

在我感谢他救了你俩的性命之后，我会让他回去。我只想告诉你，米切尔先生不是十恶不赦的坏蛋。他冒着生命危险，制服了一堆警卫，解救了你们。

不是十恶不赦的坏蛋……好吧，可以这么说。那些警卫会怎么样？

我想应该不会怎么样。他们合法受雇于一家合法企业，大部分人从没犯过法。

那阿莉莎呢？

你是想问，她这样对你们，是否会受到应有的惩罚？

没错。对我，对文森特，对所有她伤害过的人。

应该不会。她会说，虽然不是董事会下达的命令，但是她这样做是得到批准的，有政府参与的。这会很……混乱，我实在想不到这里应该用什么词。

所以就这样放了她吗？

她不见了。她一定是在米切尔先生采取行动之前就设法逃跑了。

她去哪儿了？

我不知道。那天海军陆战队守在机场，但没有查到叫阿莉莎·帕潘托尼乌的乘客。他们推断出一些逃跑路线，其中最有可能的是，她乘坐短途航线，去了附近的一个海岛，然后从那儿去了别的海岛，然后飞往美国或欧洲。

她这么跑了，我们就不再追究了？我可没这么宽容。

我也没有这么宽容。今天早上我联系了波黑政府。我给他们提供了一些证据。如果发现她的行踪，他们可以将她引渡回国。

什么证据？她在波黑做了什么？

她在那儿出生。

帕潘托尼乌？

那不是她的真名。她丈夫死后，她仍随夫姓。

你到底提供了什么证据？

她失业了 13 个月。然而，她财务记录显示，在此期间她的消费水平基本不变。

哇。也就是说：你认为她是个罪犯，因为她失业了还一样有钱花。也许她有足够多的积蓄。也许她父母给予了一定帮助。

她父母都死了。更重要的一点是，这 13 个月正是斯雷布雷尼察大屠杀前后。

斯雷布……你认为她就是那个残忍的医生？强迫穆斯林妇女……我……我说不下去了……

你慢慢来。

你派我去找法塔，是这个原因？

我派你去那儿，是为了找目击证人。我说过，我没有确凿的证据。她有医学背景，在距离斯雷布雷尼察仅 140 公里的一家医院工作，而且她没法解释大屠杀期间的收入。

波黑政府对此很理解。若把斯雷布雷尼察屠夫绳之以法，将会是政治上的一个重大胜利，所以他们将会深入调查此事。他们会派一个调查员到你发现法塔的村里，给法塔看一些照片。

你确定是帕潘托尼乌吗？我是说，你“真的”确定吗？

我基本可以确定她没有参与斯雷布雷尼察大屠杀。老实说，这样推断非常牵强。但是我之前的想法出过错。波黑政府或许可以对她立案调查，看她是否有罪。

别让我想起你丑陋的那一面。我们什么时候才能知道结果？

10 年之内吧。

10 年！给法塔看一眼照片要花多长时间？或者你觉得一场审判要花多长时间？

我不知道正义之轮在波黑转动的速度有多快。我只知道，帕潘托尼乌被引渡回国之后，审判才能开始，如果她不因为另一项罪名入狱服刑，就不能被引渡。

其他罪名？她还能犯什么罪？刺杀肯尼迪？

她目前还没犯其他的罪，但如果她出现在一个和我有联系的机场，她会被发现携带几公斤海洛因，或者一些非法麻醉药物入境，反正一时半会儿是走不了了。按照走私毒品的平均刑期推算，我想会判她 10 年监禁吧。

你没搞错吧？

没有。

我不想把自己想成一个恶人，但是……

但是没有办法。

没错。所以谢谢你，她罪有应得。你最后怎么会让布劳恩·伊娃来管这个地方？别回答，我不想知道答案。

这个问题很容易回答。只有她不是我选的。而人们问我，为什么每件小事我都在管……

我们现在能回家了吗?

这恐怕是另一个我们分开之前要讨论的内容。它与你和库蒂尔先生有关。

什么?

你希望历史怎么记载?

哇哦。俗气。我们不是一直在书写历史吗?

好吧，那你想加入地球保卫组织吗?

那是什么?

联合国的一个武装分支，致力于保卫地球。它将是联合国的第一支军队。

由世界各地士兵组成的一支军队?

目前主要还是来自美国和加拿大的士兵。

也就是说，目前只有我和文森特……

是的。初步计划在 2 年内创建一个指挥和研究中心，所以还需要招人。到时候，就会是你说的：世界各地士兵组成的一支军队。

我们要做什么?

这个组织主要负责挖掘机器人的能力，并通过它发展地球防御应用方面的新技术。

我是问，我和文森特要做什么?

主要是游行和拍照。除非有外星人进攻地球，真是这样的话，你们非常可能被无比强大的敌人活活捏死。

听起来很棒。我好激动。那么谁来负责这个保卫地球组织?

我不知道。我的任务是找一个合适的团队领袖。我保证不会选任何有反社会倾向的人。现在的关键是，这个项目不能没有你，我想要告诉联合国，你会继续参与。

你要我现在给个答复吗？

立刻回答。

行。我还能说什么？不，我不想操控那个神奇的外星机器人？我知道文森特说什么也不会放弃的。我肯定不会扫他的兴。

很高兴你能答应。考虑到近来发生了太多事情，我认为有必要问你刚才那句。

我知道，你这大笨蛋。表面那么强硬，其实内心很柔软。

你刚才倒是提醒我了，你妈妈想见你。

我妈妈？她在哪儿？

关塔那摩。

拜托！你没开玩笑吧？你把我妈妈关进监狱，好逼我答应你的要求？

虽然用你爱的人来让你答应不是不可能，但是你应该知道，我永远不会把你的母亲关进监狱。毕竟我的内心很柔软。她在关塔那摩基地，而不是关塔那摩监狱。她的飞机还得沿路放下一些海军，她应该1小时内就可以到这里。你们可以一起飞回美国。

你个混蛋。文森特说过你会故意做些这种事情。

库蒂尔先生好吗？我还没机会见他。

他很好，不只是好。他真的很喜欢英雄那一套。挺吓人的。

那不好吗?

我不知道。我还在生他的气。

他做什么事情惹你生气了?像你说的,这些天他一直很英勇。

没错。他怎么能傻到回来找我呢?

你认为他有不可告人的秘密?

不,他只是因为关心我。是我的问题,你知道我多么难相信一个人。

有人不知道吗?

都到了这时候,我怎么能不相信他?你知道会发生什么,不是吗?我会放下警惕,我会说让自己后悔的蠢话,我会变回 15 岁。某一天,他会向我求婚,而我也会心甘情愿答应他。

在我看来,库蒂尔先生似乎不那么适合结婚。

你不知道他一直在选戒指吗?

…………

是的,我发现的时候也很无力。在这种情况下,我只能绝情一些。到目前为止,我成功地让自己的感情游移不定,让他没法问出那个问题。

也许,在你那坚固的外壳下面,有一个小女孩正渴盼白马王子的求婚。

我内心当然有这样一个小女孩。只不过,到目前为止,我一直都没让那个小女孩开口说话。

如果他向你求婚,你的答案会是什么?

你真搞笑。他没机会的。接下来的 40 年,我都会设法混蛋下去，让完美的时刻永远不要到来。

你似乎将内心的小女孩控制得很好。

再见，雷斯尼克女士。

TOP SECRET

File NO. 360

采访无名人士

地点：爱尔兰都柏林美国大使馆

你的身体感觉怎么样？需要人照顾吗？

挺好的，不用了，谢谢。

需要我给你拿点什么来取暖吗？你冻了那么长时间。

我没事，真的。他们让我洗了个澡，还给了我一些厚衣服。谢谢你了。

你知道我是谁吗？

不知道。在爱尔兰，我一个人也不认识。

你来这个国家做什么？

我是被绑来的！跟你们说多少遍了。我也不知道怎么就来了欧洲。今早一个卡车司机在路边发现了我——赤身裸体，天哪。

你说你是被绑来的，能跟我说说是怎么回事吗？

我下了班，开车回家的路上，这辆车突然停在我的面前，我的车狠狠撞了上去。有人把我从车里拖出来。我一定是昏了过去。

你家在哪儿？

我是美国人，我住在芝加哥。

你昏了过去，然后在都柏林的路边醒来。

是的……我……没错。

怎么回事？

我也不清楚。我想我中途醒过几秒钟。我什么也看不见，但是能听到一些人的声音。

你听到几个人的声音？

四五个。我不知道，我都怀疑是不是在梦里听到的。

他们在说什么？

我不知道他们讲的哪国语言，听起来像……我听不出是哪国语言。可能是瑞典语，拉科塔话，带着浓重的德国口音。我真的不知道。我从来没有听过那种语言。

你还听过拉科塔话？

在《与狼共舞》里听过？我只能想到这一种美国土话。我出生在南达科他州，那里有几个保护区。事实上，我们生活的地区曾经是拉科塔领土。

你身上没有文件，没有任何证件，对吗？

我都告诉你了，我醒来的时候赤身裸体。我不知道我的包去哪儿了。

我要告诉你，给你做检查的医生说，你没有被强暴。

谢谢，我如释重负。

你想想，有没有什么东西能帮助我们确认你的身份？

没有，至少在爱尔兰没有。这不构成犯罪吧？如果你们送我回国，我的朋友、同事可以证明我是谁。

我想给你看一些照片。

拿来吧。

你认识照片里的这个女人吗？

不认识。她很漂亮。

这个男的呢？

也不认识。他是谁？

一个加拿大来的语言学家。

语言……你是说他们绑架了我？

我不知道。实际上，我可以肯定地告诉你，不是他们。

那为什么要给我看他们的照片？

我想看看你能否认出他们。

我见过他们吗？我可以告诉你，我没有失忆。除了昏迷的几个小时，我的记忆很清晰。

我能再问你一个问题吗？你多大了？

27岁。

我要再确认一下你的名字和职业。

我叫萝斯·富兰克林。我是芝加哥大学的研究员。

从DNA来看，你确实是富兰克林博士。

你好像很惊讶。我知道自己是谁。我可以回家了吗？昨天去上班以后，我还没喂过家里的猫呢。

富兰克林女士，据我了解，那已经是 4 年前的事了。

什么……不可能啊。我被绑架了。可我没昏迷那么长时间吧。

我相信你说的话。虽然不可思议，但事实是现在没有一种科学方法能准确测定一个活人的年龄。不过你的身体检查和牙齿 X 光射线显示，你的确是 27 岁。

是啊，我都已经告诉你了。

我的意思是，富兰克林博士 27 岁之后的伤疤和补的牙，在你身上都没有。

我……我不太明白你的意思。

富兰克林博士现在应该已经 31 岁了。

你说“应该”是什么意思？

请跟我来，我们有太多东西需要聊一聊了……